이웃집 빙허각

창비아동문고 340

이웃집 빙허각

2024년 11월 22일 초판 1쇄 발행
2024년 12월 16일 초판 2쇄 발행

지은이 ● 채은하
그린이 ● 박재인

펴낸이 ● 염종선
책임편집 ● 박화수
디자인 ● 이주원
조판 ● 황숙화
펴낸곳 ● (주)창비
등록 ● 1986. 8. 5. 제85호
제조국 ● 대한민국
주소 ● 10881 경기도 파주시 회동길 184
전화 ● 031-955-3333
팩스 ● 031-955-3399(영업) 031-955-3400(편집)
홈페이지 ● www.changbi.com
전자우편 ● enfant@changbi.com

ⓒ 채은하, 박재인 2024
ISBN 978-89-364-4340-5 73810

* 이 책 내용의 일부 또는 전부를 재사용하려면 반드시 저작권자와 창비 양측의 동의를 받아야 합니다.
* 책값은 뒤표지에 표시되어 있습니다. * KC마크는 이 제품이 공통안전기준에 적합하였음을 의미합니다.
* 사용 연령: 5세 이상 * 종이에 베이거나 긁히지 않도록 주의하세요.

이웃집 빙허각

채은하 장편동화 | 박재인 그림

창비

● 차례 ●

◆ **일러두기**

- 이 책의 본문은 독자들이 쉽고 편하게 읽을 수 있도록 『규합총서』 『동의보감』 『소학언해』 등의 책 제목에서 겹낫표를 생략했습니다.
- 본문에 굵은 글씨로 적힌 내용은 정양완 선생님이 풀어 쓴 『규합총서(閨閤叢書)』(보진재 1975)를 인용했습니다.

1. 강물은 멀리까지 흘러 나가

봇짐을 진 나그네가 언덕을 올랐다. 벼랑 아래로는 너른 강이 크게 휘어지고, 강 너머에는 황금색으로 물든 들판이 보였다. 나그네는 짚으로 짠 패랭이를 고쳐 쓰고 주위를 살폈다.

"여기 어디쯤이라고 했는데."

억새밭을 헤매던 나그네는 둥근 무덤에서 발을 멈췄다. 그는 비석에 적힌 두 사람의 이름을 멀거니 바라봤다. 서늘한 바람에 기다란 억새가 서걱거렸다. 나그네는 코를 훔치고는 봇짐에서 자그마한 술병과 잔을 꺼냈다.

"스승님께서 가르쳐 주신 백화주입니다. 못난 솜씨로나마 제가 빚은 것이니 맛을 보셔요."

나그네는 무덤 앞에 잔을 내려놓고 소매로 비석을 닦았다. 그때 나이 지긋한 선비가 수풀을 헤치고 나타났다. 선비는 낯선 나그네에게 미심쩍은 눈길을 던졌다.

"여기는 형님과 형수님을 모신 곳인데, 뉘시오?"

"어릴 적 스승님을 뵈러 왔습니다. 꼭 다시 만나자 하셨는데, 제가 너무 늦어 버렸네요."

나그네는 얼굴을 감추듯 고개를 숙인 채 비켜섰다. 선비는 나그네를 의아하게 돌아보고는 예를 갖춰 절부터 올렸다. 몸을 일으키던 선비가 코를 킁킁거렸다.

"이 향은 백화주 아니오. 형수님께서 철마다 여러 가지 꽃을 따서 빚던 술인데, 이 술을 아는구려."

선비는 홀린 듯 잔을 집어 신중하게 맛을 보았다. 나그네가 슬며시 고개를 들었다. 패랭이 아래 검은 눈동자가 반짝였다.

"어찌 좀 비슷합니까?"

"비슷하오. 스승을 찾아왔다기에 두 분 중 누구를 말하나 했더니, 우리 형수님인가 보군."

나그네는 그저 배시시 웃었다. 선비는 나그네의 행색을 다시 살피고는 뭔가를 물으려 했다. 나그네가 먼저 입을 열었다.

"스승님께서 열다섯에 혼인하시자마자 장난꾸러기 시동생을 가르치셨다던데, 혹시 그 아이가 선비님 아니신가요?"

나그네의 짓궂은 질문에 선비는 웃음을 터뜨렸다. 방대한 책을 쓴 학자의 얼굴에 개구쟁이 같은 장난기가 어렸다.

"그렇지요. 나도 꼬맹이였을 적부터 형수님께 많은 가르침을 받았소. 참으로 남다른 분이었지요."

두 사람은 작달막한 키에 톡 튀어나온 이마, 날카로운 눈빛을 가진 여인을 떠올렸다. 선비가 무덤에 말을 건넸다.

"형수님, 말씀하셨던 그 아이가 이리 찾아온 모양입니다."

"스승님께서 제 이야기를 하셨나요?"

나그네의 목소리가 바르르 떨렸다. 두 눈에 물기가 일렁거렸다. 선비는 나그네의 눈을 지긋이 바라보았다.

"이른 새벽에 언덕을 헤매던 열두 살 여자아이를 알았노라고 하셨소. 그 아이의 눈에는 불이 담겨 있다기에 무슨 말씀인가 했는데, 이리 보니 단번에 알겠구려."

"스승님도 참 너무하십니다."

나그네는 무덤을 향해 눈을 흘기며 설핏 미소 지었다. 선비도 허허롭게 웃었다.

"형수님은 참으로 매섭고 모든 일에 빈틈없는 분이셨지만 자네와 지내던 시절을 이야기할 때는 늘 즐거워하셨소. 그 어처구니없는 부탁을 들어준 건 참으로 자기답지 않은 일이었는데, 그게 가장 잘한 일이 되었다고 하셨지요."

“그 덕에 저의 세상은 크게 바뀌었습니다.”

덕주는 패랭이를 벗고 머리를 싸맨 수건을 풀었다. 촘촘한 댕기 머리가 길게 늘어졌다. 덕주는 흐트러진 머리를 쓸어올리며 서쪽 바다로 흐르는 강을 내려다봤다. 강물이 얼마나 멀리 흘러가나 궁금해하던 어린 시절이 떠올랐다.

“스승님을 처음 뵈었을 때도 꼭 이런 풍경이었습니다. 그때 들은 강물 소리가 아직도 귀에 쟁쟁합니다. 여전히 그 언덕에 서 있는 것처럼…….”

2. 자꾸 꿈을 꾸게 돼

푸른 어스름이 번져 가는 이른 새벽, 덕주는 경강이 내려다보이는 언덕에 우두커니 섰다. 삐죽한 모래톱이며 우뚝 솟은 절벽은 어두컴컴한데, 점차 밝아지는 하늘과 하늘빛을 되비추는 강물만 푸르게 빛났다.

싸아아싸아아.

유난히 세찬 물소리가 우레같이 울렸다. 경강은 하루에 두 번 높아졌다가 낮아지는데, 물이 불어날 때면 소나기가 쏟아지거나 세찬 바람이 솔숲을 흔드는 것 같은 소리가 났다. 저 멀리 바다에서 큰물이 밀려들었다 빠져나가기 때문이라는데, 유독 소리가 우렁찬 걸 보니 보름이 가까운 모양이다.

덕주는 손으로 명치께를 꾹 눌렀다. 물소리가 덕주의 마음 속까지 뒤흔드는 건지, 언덕을 올라오느라 가쁜 숨이 가라앉지 않은 건지, 가슴이 두근두근 울렸다.

"이러고 있을 때가 아닌데."

덕주는 괜히 풀밭을 둘러보며 중얼거렸다. 덕주네 마을 뒤로 솟은 언덕 꼭대기는 여럿이서 잔치를 벌여도 좋을 만큼 넓고 평평했다. 풀밭의 가장자리에는 오래된 전각이 하나 있고, 그 뒤로는 배배 꼬인 소나무가 듬성듬성 섰다.

"어서 내려가야지……."

덕주는 다시 웅얼거렸지만, 몸은 그 자리에 못 박힌 듯 꼼짝도 하지 않았다. 일찍 일어난 김에 절구질도 하고 밥도 안쳐 두면 좋으련만, 왜 새벽마다 언덕에 올라 강을 내려다보는 건지. 덕주는 온종일 일하는 어머니를 생각하자 속이 켕겼다. 그나마 아버지가 늦게 일어날 거라 다행이다. 지난밤 옆 마을에서 큰 잔치가 열렸다더니, 아버지는 술에 거나하게 취해 돌아왔다. 아마 한낮은 되어야 덕주를 찾을 거다.

어스름이 걷히고 하늘이 밝아지자, 풍경도 푸릇푸릇한 제 색깔을 찾았다. 그새 물이 많이 차올랐다. 넓고 긴 모래밭이 줄어들고, 곳곳에 솟은 기이한 바위가 물에 잠겼다. 강 한가운데 모래섬에 어부들이 쳐 놓은 그물이 크게 휘어졌다.

덕주는 발돋움하여 옅은 물안개가 드리운 강의 아래쪽을 바라보았다. 물이 차올랐으니, 지금쯤이면…….

"온다!"

덕주는 탄성을 내질렀다. 누런 돛을 활짝 펼치고 강을 거슬러 오르는 배 여러 척이 나타났다. 온 나라에서 거둔 쌀이며 베와 무명 같은 옷감을 싣고 서쪽 바다를 지나 경강으로 오는 배다. 강어귀에서 기다리다 물때에 맞춰 들어오는 모양이다. 바다에서 강으로 드는 밀물을 타면 강물을 거스르는 것보다 나루터까지 오기가 훨씬 수월하다고 들었다.

배가 다가오자 마을 아래 나루터가 소란해졌다. 일꾼들이 지르는 기합 소리가 언덕 위까지 들렸다. 돛을 두 개나 세운 큰 배에서는 쌀과 옷감이 끝없이 실려 나왔다. 그중 어떤 건 한양의 궁궐로 가고, 어떤 건 언덕 너머 커다란 창고에 쌓아 두었다가 벼슬아치에게 나눠 준다. 어떤 건 상인들이 다시 배에 실어다 먼 시장에서 팔기도 한단다.

덕주는 쌀과 옷감이 나고 쓰이는 먼 곳의 풍경을 멍하니 그려 보았다. 여기저기서 들은 이야기가 떠올랐다.

"세상은 그렇게도 넓다는데."

나루터를 낀 덕주네 마을에는 먹고 살길을 찾아와 자리 잡은 사람이 많다. 방방곡곡에서 모인 아주머니들의 수다를 듣다 보면 따로 배우지 않아도 자연스럽게 알게 된다. 어딘가에는 누런 벼로 가득한 너른 들판도 있고, 물이 크게 쓸려 나갔다가 다시 차오르는 바다도 있고, 귀한 약초를 품고 있는 깊은 산도 있다. 한양에는 높은 관을 쓴 사람들이 오가는 궁궐과 온갖 진귀한 물건을 파는 시장도 있단다.

"아서라. 내가 세상을 알아서 뭐 한다고."

덕주는 퍼뜩 정신을 차리고 손을 휘휘 저었다. 소학에서 여자는 밖의 일을 말하지 않는다고 했거늘, 열두 살이나 되어서 왜 자꾸 백일몽을 꾸는지 모를 일이다. 어릴 적부터 보아 온 나루터 풍경에 가슴은 왜 이리 울렁거리는지도 알 수 없다.

덕주는 풀밭을 마구 걸어 다녔다. 무명 치맛자락이 풀잎에 맺힌 이슬에 축축해졌지만, 상관하지 않았다. 한참 이리저리 헤매던 덕주는 기합처럼 한숨을 내지르고는 우뚝 멈췄다.

"집에나 가자."

어느새 온 사방이 훤하게 밝아졌다. 언덕배기에서 내려가려던 덕주는 할머니 한 분과 마주쳤다. 새벽에 언덕에서 종종 보는 할머니다. 할머니는 밤새 한숨도 자지 못한 사람처럼 퀭한 얼굴로 나타나서는 덕주처럼 우두커니 서서 강을 내려다보곤 했다.

"얘, 혹시 누구 못 봤니?"

덕주는 할머니를 의아하게 돌아봤다. 할머니가 덕주에게 말을 거는 건 처음이다. 그간은 서로 모른 척하거나 묵묵히 고개만 숙이고 지나치곤 했는데. 덕주는 다급하게 주위를 둘러보는 할머니에게 누굴 찾느냐고 물었다.

"네 또래 사내아이야. 이리로 올라온 듯한데, 대체 어디 있는지 모르겠구나."

덕주는 내내 서 있던 언덕을 돌아봤다. 물소리에 정신이 팔려서인지 누군가 있는 낌새는 못 느꼈다. 덕주의 시선이 풀밭 가장자리 오래된 전각에 머물렀다. 탁 트인 언덕에 누가 숨을 곳이라고는 그곳뿐이다.

할머니는 성큼성큼 전각을 향해 걸어갔다. 덕주는 할머니를 뒤따라가면서도 슬그머니 걸음을 늦췄다. 왜란 때 남편을 따라 죽은 여인을 기리는 열녀각이랬는데, 어쩐지 으스스했다. 지붕 아래에 걸린 현판은 이미 색이 바랬고, 붉은 살대는 부서졌다. 바람이 불면 안팎으로 무성하게 돋은 풀이 손짓하듯 너울거렸다. 할머니는 살대 사이로 안을 들여다보더니 혀를 찼다.

"윤보야. 왜 여기서 자고 있니."

덕주는 쪼르르 다가가 전각을 살폈다. 수풀 사이로 거무스름한 형체가 보였다. 자세히 보니 웬 도령이 땅바닥에 드러누워서 잠을 자고 있다. 할머니가 아무리 불러도 도령은 꿈쩍도 하지 않았다. 할머니는 난감한 얼굴로 덕주를 돌아봤다. 덕주는 슬쩍 고개를 끄덕이고는 부서진 살대 아래로 몸을 숙여 들어갔다.

"어이, 정신 좀 차려 봐."

덕주가 어깨를 잡고 흔들자, 도령은 눈도 뜨지 않은 채 부스스 일어나 앉았다. 나이는 덕주 또래로 보이는데, 온 얼굴이 눈물 자국으로 지저분한 데다 밤새 모기에 뜯겨서 울긋불긋 엉망이었다. 도령은 궁상맞게 코를 훌쩍이더니 웬 서책을 품에 꼭 끌어안고 다시 눈을 감았다.

"얼른 일어나라니까. 여기서 나가야지."

덕주는 도령을 굴리듯 밖으로 밀어냈다. 도령은 덕주가 미는 대로 흐느적흐느적 기어갔다. 도령에게선 고약한 술 냄새도 났다. 할머니는 전각 밖으로 나온 도령을 보고 다시 혀를 찼다. 간신히 일어선 도령은 하품을 늘어지게 하고는 꾸벅 허리를 굽혔다.

"어르신, 죄송합니다. 하룻밤 신세 지는 것도 모자라 이렇게 심려를 끼쳐 드리다니요. 한데 당최 어찌 된 일인지 모르겠습니다. 시원한 바람이 부는 방에 옥색 이불까지 깔려 있길래 한숨 자려고 누운 것뿐인데."

윤보라는 도령은 퉁퉁 부은 눈으로 전각을 흘끔 돌아봤다. 온통 흙이 묻고 풀물이 들어 더러워지긴 했지만, 옷은 모두 비단이고 가죽신까지 신은 차림이 귀한 집 자제라는 티가 물씬 났다. 할머니가 윤보의 말을 끊었다.

"됐네. 아직 관례도 치르지 않은 자네에게 장난이랍시고 술을 준 어른들이 문제지. 그걸 다 받아 마신 자네도 잘한 건 없지만."

할머니는 몸을 홱 돌려 앞장서 걸어갔다. 윤보는 이리저리 비틀거리며 할머니를 따라 걸었다. 그 꼴이 우스워 덕주는 그만 소리 내어 웃어 버렸다. 윤보는 입술을 부루퉁하게 내밀고 덕주를 돌아봤다.

"그런데 어르신, 이 계집아이는 누구랍니까?"

윤보의 말에 할머니도 덕주에게 눈길을 주었다. 둘을 따라 걷던 덕주는 우뚝 멈췄다.

"그러게. 우리가 서로 얼굴은 아는데, 이름도 모르네."

"저는 문 생원의 딸 덕주라고 합니다."

"오, 양반이었어?"

윤보는 무명 치마저고리 차림의 덕주를 위아래로 훑어보며 구시렁거렸다. 덕주는 무례하기 짝이 없는 도령을 노려보았다. 낯선 이를 만나면 무슨 파 몇 대손인지부터 시작해서 아들이 지난해 무과에 급제해 한양에 있다는 이야기까지 늘어놓는 아버지가 떠올랐다. 아버지는 낡은 초가집에서 근근이 사는 처지더라도 양반이라는 걸 잊으면 안 된다고 했다.

덕주는 윤보를 무시하고 앞질러 걸어갔다. 양반 규수가 어떠해야 하는지는 누구보다 덕주가 잘 안다. 되도록 집 안에만 머물러야 하고, 밖을 나선다 해도 쓰개치마나 장옷으로 얼굴과 몸을 가려야 한다. 새벽에 언덕을 오르는 것도, 낯선 사내와 말을 섞는 일도 절대로 해서는 안 되는 짓이다.

"하긴 요새는 온갖 양반이 다 있다더라. 스스로 벌어먹고 사는 이들도 많고."

윤보가 말을 붙였지만, 덕주는 입을 굳게 다물고 걷기만 했다. 오라버니가 급제하면 집안 형편이 나아질 줄 알았더니 그렇지도 않았다. 새로 무관이 된 오라버니가 돈을 벌려면 다시 무슨 자리에 가야 한다고 했다. 그렇다고 선비인 아버지가 밥벌이에 나설 수도 없으니, 어머니와 덕주가 문턱이 닳도록 집 안팎을 오가며 힘써 일할 수밖에.

문제는 그게 처량한 일이라는 거다. 명색이 양반인데 자기 손으로 일하는 것도 그렇고, 쓰개치마를 쓰지 않고 다니는 것도 그렇다. 쓰개치마야 덕주도 갖고 있지만 그걸 머리에 쓰면 늘 한 손으로 붙잡고 다녀야 하니 아무 일도 할 수가 없다.

"부잣집 도령이 뭘 알겠나."

덕주는 입속말로 중얼거렸다. 경강 변에는 밥벌이를 찾아 모여든 사람뿐 아니라 한양의 내로라하는 부자들이 지어 놓은 화려한 기와집이며 정자도 많다. 윤보는 그런 데 놀러 온 도령이 틀림없다. 덕주는 얕은 한숨을 쉬고는 다시 걸음을 옮겼다.

덕주는 할머니를 따라 언덕길을 내려갔다. 나루터에서부터 비탈을 따라 비스듬히 자리 잡은 마을이 한눈에 들어왔다. 나루 바로 옆에는 일꾼들의 움막이 있고, 그 뒤로 초가집과 기와집이 모여 있다. 집들 뒤로는 높아졌다가 낮아지는 언덕을 따라 오이와 가지 같은 채소를 키우는 밭이 펼쳐지고, 밭의 끝자락에는 커다란 은행나무 한 그루와 기와집이 서 있다.

윤보는 강물에 반짝이는 아침 햇살이 참으로 아름답다는 둥, 경강의 풍취가 저절로 시를 부른다는 둥 큰 소리로 혼잣말을 하더니 덕주에게 다시 말을 걸었다.

"참. 돌아가신 임금님이 강을 건너실 때 말이야. 여기서부터 강 건너까지 배다리를 놓았다던데, 너도 봤니?"

덕주는 대꾸하지 않았다. 윤보가 무엇을 말하는지는 알아들었다. 그 임금님은 경강의 남쪽에 새로운 성을 지으면서 자주 행차를 다녔는데, 강을 건널 때면 많은 사람이 한꺼번에 건

널 수 있는 배다리를 놓았다. 팔십 척의 배를 한 줄로 늘어세우고 그 위에 널빤지를 얹어 지은 다리인데, 그 위에 홍살문도 세우고 배에는 오색 깃발을 달아 아주 장관이었다고 했다.

"어이, 배다리 봤냐고?"

언덕배기에서 내려올 즈음 윤보가 다시 불렀다. 덕주는 한숨을 쉬고는 마지못해 대꾸했다.

"보긴 봤는데. 너무 어릴 적이라 기억이 잘 나지 않아."

"에이, 그러면 못 본 거나 마찬가지네. 그때 저 넓은 모래밭이 사람으로 꽉 찼다더라."

덕주도 셀 수도 없이 많은 사람이 한데 모인 광경은 어렴풋이 기억했다. 모두 무척이나 들뜬 얼굴로 웃고 있었다. 본래 임금이 행차할 때 백성들은 길에 엎드려야 하는데, 배다리 임금님은 백성들이 행차를 구경하도록 해 줬다고, 그것만 봐도 아주 현명하고 인자한 분이라는 걸 알 수 있다고들 했다.

"우리 어머니 말씀으로는 한양에서도 임금님의 행차를 구경하려고 아주 난리였대. 그런 날은 어머니도 친척들과 함께 남의 집을 빌려 구경하셨다던데. 그게 정말 재미났던 모양이더라."

"아아, 역시나."

덕주는 짐작했던 대로 한양에서 놀러 온 도령이구나 싶어 코웃음을 쳤다. 윤보가 날카롭게 되물었다.

"역시, 뭐?"

덕주는 윤보가 갑자기 날 선 말투로 묻자 적잖이 당황했지만, 모른 척 발을 옮겼다. 씩씩거리던 윤보는 덕주의 등 뒤에 대고 구시렁거렸다.

"양반 규수라면 응당 집에 있어야지, 어디 이 새벽에 나와 돌아다니누. 부끄러운 줄도 모르고."

덕주는 윤보를 휙 돌아봤다. 윤보는 딴청을 부리며 품의 책을 고쳐 끌어안았다. 언뜻 언문이 쓰인 표지가 눈에 들어왔다. 제대로 보지는 못했지만, 아마도 요새 한양에서 인기가 많다는 소설책인 듯했다.

"그쯤 하거라."

할머니가 엄한 목소리로 나무랐다. 자꾸 심술궂게 구는 도령과 실랑이를 벌이다 보니 어느새 커다란 은행나무 아래까지 왔다. 윤보는 덕주에게 혀를 날름 내밀고는 은행나무 옆 기와집으로 들어갔다. 할머니는 대문간에서 덕주를 돌아보았다.

"잠시만 기다리렴. 네게 줄 것이 있다."

할머니는 주먹만 한 백설기를 가지고 나왔다. 덕주는 할머니가 주는 떡을 두 손으로 공손히 받았다. 덕주가 겸연쩍게 돌아서려는데 할머니가 문득 물었다.

"글을 쓰느냐?"

"예?"

덕주는 난데없는 질문을 알아듣지 못하고 허둥거렸다. 할머니가 덕주의 손을 가리켰다.

"손톱 밑에 먹이 묻어 있고, 소맷부리에는 먹물이 들었다 빤 자국이 있으니. 글을 쓰는 것 아니냐?"

덕주는 자기 손을 내려다봤다. 손을 아무리 깨끗하게 씻어도 손톱 밑에 든 먹 자국은 잘 지워지지 않았다. 소맷부리는 덕주가 빨래를 대충 해서 얼룩이 남은 거긴 하지만. 덕주는 손끝을 가리며 공손하게 답했다.

"아버지가 계녀서와 소학언해를 주셔서 옮겨 적고 있습니다."

얼마 전 아버지는 계녀서와 소학언해, 열녀서와 같이 여자의 행실을 가르치는 책을 얻어 와서는 덕주에게 주었다.

"이제 너도 부인의 덕을 익혀야 한다. 어려서는 아버지를 따르고, 혼인해서는 남편을 따르고, 늙어서는 아들을 따르는 것이 여인의 도리다. 그러려면 무엇보다 자신을 낮추고 순종하는 법을 알아야지. 이 책을 여러 번 읽고 가슴에 새기거라."

덕주는 순순히 책을 읽었지만, 아버지의 당부와는 달리 엉뚱한 데 꽂혔다. 누군가 옮겨 적은 책을 읽다 보니 언문에도 여러 서체가 있다는 게 눈에 들어왔다. 어떤 글씨는 붓끝을 끊어 단정하게 썼고, 어떤 글씨는 획마다 꼬리를 길게 내어 이어 썼다.

덕주는 사랑방에서 낡은 붓과 좀이 슨 공책을 가져다가 글씨를 연습했다. 아버지는 종이가 아까운 눈치였지만, 나중에 집안 어른들께 문안 편지를 쓰려면 글씨 연습도 해야 할 거라며 넘어갔다.

“계녀서와 소학언해라, 그 책에서 무엇을 배웠느냐?”

“그게, 저는…….”

할머니가 흐뭇하게 물었지만, 덕주는 글씨를 익혔다고 답하기가 난감해서 우물거렸다. 할머니는 덕주를 지긋이 바라보더니 점쟁이처럼 말했다.

“혹시 그걸 옮겨 쓰면서부터 새벽에 언덕을 올라오는 건 아니냐? 어렴풋하던 생각이 한결 선명하게 떠오르고, 그 생각을 좇다 보면 낯선 기분이 들지?”

덕주는 깜짝 놀라 할머니를 바라봤다. 글을 옮겨 적다 보면 머릿속을 스치는 짧은 생각도 책에 적힌 문장처럼 또렷하게 떠올라서 우습다고 여기던 중이었다. 돌이켜보니 그러면서부터 마음이 뒤숭숭해진 것도 같았다.

“맞아요. 그걸 어떻게 아셔요?”

"꿈꾸지 말라는 책을 봐도 마음은 자라니, 참으로 곤란한 노릇이지."

할머니는 알쏭달쏭한 말을 하고는 대문 안으로 들어갔다. 할머니의 눈가에 옅은 미소가 스친 듯했다. 덕주는 할머니가 내준 떡을 쥐고 은행나무 아래에 한참 서 있었다. 다시, 가슴이 울렁거렸다.

3. 어머니는 온종일 바빠서

덕주는 집에 들어서자마자 절구질하는 어머니와 눈이 마주쳤다. 덕주네 집은 좁다란 마당을 네모지게 둘러싼 초가집이다. 덕주는 아버지가 계신 사랑방을 먼저 살폈다. 다행히도 아직 주무시는 모양이다.

"너는 새벽부터 어디를 다니는 거니."

어머니는 무거운 절굿공이를 내려놓고 가자미눈으로 핀잔을 놓았다. 딱히 언짢은 기색은 아니라서 덕주는 그저 헤실헤실 웃기만 했다. 어머니는 행실을 조심하라든지, 여자아이답게 굴라든지 하는 잔소리는 안 했다. 아버지가 딸 교육은 어머니가 시키는 법이라고 언성을 높여도 늘 시큰둥했다.

덕주는 들고 온 떡을 어머니께 내밀었다. 풀밭에서 자던 도령을 깨운 이야기는 빼고 집에 오는 길에 마주친 웬 할머니가 주셨다고 둘러댔다. 어머니는 떡을 반으로 갈라 덕주와 나눠 들고는 툇마루에 걸터앉았다. 덕주는 아버지가 계신 사랑방 쪽을 돌아봤다. 어머니가 몸을 기울여 속닥였다.

"네 아버지는 간밤에 넉넉히 잡순 거 같으니, 이건 우리끼리 먹자."

덕주는 고개를 끄덕였다. 어머니는 농담처럼 말을 보탰다.

"혹시 들키면 워낙에 못 배워서 그렇다고 하지, 뭐."

덕주는 떡을 한껏 베어 문 채 웃음을 꾹 참았다. 아버지는 덕주를 다잡지 않는 어머니를 두고 궁벽한 산골의 보잘것없는 집안에서 자라서 그렇다고 탓하곤 했다. 아버지가 뭐라 하든 어머니는 듣는 둥 마는 둥 했다. 가끔 덕주에게만 들리게 혼잣말로 구시렁거렸다.

"그까짓 거, 먹고사는 게 더 중하지."

어머니는 덕주가 읽는 여훈서에도 그다지 관심을 두지 않았다. 어느 날 덕주가 소학에서 '여자는 집 밖으로 나가지 않는다'라는 부분을 소리 내어 읽자 우뚝 멈춰 서서는 말했다.

"예전부터 궁금했는데 말이다. 바깥에 나가지 않으면, 일은 어떻게 하라는 건지 모르겠다니까. 그냥 다 굶어 죽으라는 소린가?"

어머니가 묻자 아버지가 계신 사랑방에서 못마땅한 기침 소리가 났다. 덕주는 입술을 오므린 채 고개만 주억거렸다. 어머니의 말대로 집 안에만 머물러서는 할 수 있는 일이 거의 없다. 곳간은 그득 차 있고, 손발이 되어 대신 일해 줄 노비도 있는 부잣집에서나 그럴 수 있으려나.

어머니는 온종일 일하느라 바빴다. 새벽부터 물 긷고 절구질하여 밥을 차리고, 낮에는 밭에 나가 김을 맸다. 빨래터에서 빨래하고, 다듬이질로 주름을 펴고 바느질했다. 밤이면 베틀에 앉아 베나 면포와 같은 포목을 짰고, 철이 되면 누에를 쳐서 비단실을 얻었다. 옷감과 비단실을 팔아 모은 돈으로 밭을 사더니, 그 밭에서 채소를 키워 장에 내다 팔았다.

덕주는 대체로 어머니의 일을 거들며 하루를 보냈다. 오래 일한 날이면 어머니의 손은 다 갈라지고 발도 퉁퉁 부어올랐다. 어머니는 몸이 다 부서지고 뼈가 녹아내리는 느낌이라고 말하면서도 좀처럼 쉬지 못했다. 잠을 잘 때마다 끙끙 앓는 소리를 내서, 덕주는 가끔 어머니가 큰 병에 걸린 건 아닐까 걱정스레 들여다보곤 했다.

아버지는 점심나절이 되어 일어났다. 덕주가 시원한 물 한 대접을 가져다드리자, 아버지는 중히 할 말이 있다며 어머니도 불러 앉혔다. 아버지는 자못 심각한 얼굴로 입을 열었다.

"어제 잔치에서 들어 보니, 요새 한양의 규수들은 시집가기 전에 살림을 잘하는 집에 가서 그 비법을 배운다고 하더구나. 그 집만 봐도 음식이 어찌나 대단한지 퍼뜩 네 생각이 나지 뭐냐. 오라비가 한양에서 자리를 잡으면 네 혼담도 오가게 될 텐데, 뭐라도 배워 둬야 하지 않겠니. 부인, 아니 그렇소?"

아버지가 말끝에 물음을 던졌지만, 어머니는 대답하지 않았다. 아버지는 혀를 끌끌 차고는 덕주를 향해 눈을 빛냈다.

"그런데 어제 잔칫상에 나란히 앉은 분이 말이다. 알고 보니 한양에서 대단한 위세를 떨치던 집안의 장손이더구나. 그 분의 부인 또한 한양의 손꼽히는 대갓집에서 자라서 행실이 뛰어난 것은 물론이요, 살림에 관해서도 모르는 게 없다고 하더라. 그래서 그 집에 널 가르쳐 달라 부탁했다."

"절 부탁하셨다고요?"

덕주는 짐작도 하지 못한 말에 놀라서 되물었다. 며칠 전만 해도 다 큰 딸을 함부로 남의 집에 다니게 하면 안 된다고, 가벼운 심부름을 시키는 어머니를 나무라던 아버지다. 아버지는 이맛살을 찌푸린 채 목소리를 높였다.

"그래. 내가 부탁했다. 딸을 가르치는 건 응당 어미의 몫이지만, 네 어미는 너를 가르치는 일에 당최 관심이 없지 않으냐. 우암 선생께서는 시집가는 딸을 위해 책도 쓰셨는데, 나도 이쯤은 할 수 있지. 암, 그렇고말고."

"하지만 살림이라면 어머니께 배우면 될 텐데요."

덕주는 어머니의 눈치를 살피고 숨죽여 대답했다. 다른 집에 살림을 배우러 간다니, 어머니 마음이 상할까 봐 걱정스러웠다. 어머니는 그저 바위처럼 앉아 구겨진 치맛자락만 툭툭 털어냈다. 아버지가 고개를 저었다.

"아니야. 요새는 살림이라는 것도 어제와 오늘이 다르고, 한양과 지방이 다르다고 한다더라. 이런 기회가 아니면 네가 언제 한양의 대갓집 살림을 배우겠느냐. 집이 가난하여 너를 안에만 머물게 하지 못하는 것도, 양반다운 살림을 가르치지 못하는 것도 아쉬웠는데, 아주 잘된 일이지."

그때 어머니가 한숨을 쉬었다. 한숨 소리가 꼭 바위틈으로 부는 바람 소리 같았다. 어머니는 나지막하게 그게 아니라고 중얼거렸다. 아버지는 못마땅하게 눈썹을 치켜들었다.

"아니라니, 뭐가 아니란 말이오?"

"한양의 규수들이 딴 집에서 살림을 배운다는 건 친가나 외가 친척 집에 가는 거지, 생판 모르는 남의 집에 가는 게 아닙니다."

"그걸 부인이 어떻게 아시오?"

"저도 듣는 귀와 보는 눈이 있으니까요."

어머니는 문득 고개를 들어 아버지를 마주 봤다. 아버지는 대접을 들어 물을 꿀꺽꿀꺽 들이켰다. 가끔 어머니가 말을 받아치면 아버지는 늘 당황한 빛을 숨기지 못했다.

"그래도 어쩌겠소. 우리는 번듯한 친척이 없는데. 한때는 우리 집안도 대대로 내려온 비법과 뛰어난 솜씨로 이름을 떨쳤다는데, 그걸 아는 이가 아무도 없으니 어째. 그렇다고 마냥 주저앉아 무지렁이로 지낼 수도 없잖소. 덕주야, 안 그러냐?"

아버지는 편을 구하듯 다급하게 덕주를 불렀다. 덕주는 엉겁결에 고개를 끄덕였다. 아버지는 옅은 미소를 띠고 재차 물었다.

"그래. 네 뜻은 어떠냐."

덕주는 뜻밖의 질문에 머뭇거렸다. 아버지가 덕주의 뜻을 묻는 건 아주 드문 일이다. 아버지는 나름대로 덕주를 아끼지만, 생각을 궁금해하지는 않는다. 덕주는 마른침을 삼켰다.

"그분이 한양에서 오셨다고요?"

"그렇다니까. 아마 곁에서 지켜보기만 해도 배우는 게 있을 거다. 여인의 덕과 도리는 원체 몸에 배어 있을 테고, 요새 한양에서 한다는 살림에도 능하겠지. 게다가……."

아버지가 말을 늘어놓는 동안 덕주는 멍하니 딴생각에 빠졌다. 한양은 덕주가 궁금해하는 곳 중 하나다. 덕주는 무심코 중얼거렸다.

"그분은 재미있는 이야기를 많이 알고 계시려나."

"뭐라고?"

아버지가 되묻자, 덕주는 금방 고개를 흔들었다. 세상은 넓다는데, 재미있고 중요한 일은 모두 먼 곳에서만 일어나는 것 같다. 어째서인지 풀밭에서 자는 와중에도 서책을 끌어안고 있던 얄미운 도령이 떠올랐다. 그 도령은 재미난 이야기를 수만 가지는 넘게 알고 있을 거고, 새로운 사람도 수없이 만날 테지. 덕주는 입술을 삐죽이고는 냅다 말했다.

"저도 어떤 분인지 뵙고 싶어요."

"그래. 내일쯤 그 댁에 가 보자꾸나."

어머니는 사랑방에서 나오자마자 마루에 놓인 베틀에 앉았다. 철컥철컥 베를 짜는 소리가 유독 거칠게 울렸다. 덕주는 마당을 어정거리며 어머니의 눈치를 살폈다. 잠시 후, 어머니가 베틀을 멈추고는 덕주를 불렀다.

"다락에 가서 접때 짠 무명 좀 가져오너라."

덕주는 안방으로 가서 어머니가 얼마 전에 짜 둔 면포를 가져왔다. 어머니의 면포는 올이 촘촘하고 부드러워서 시장에서도 꽤 좋은 값을 쳐줬다. 어머니는 곱게 짜인 면포를 세심하게 살피더니 덕주에게 건네주었다.

"이걸 그 부인에게 드리거라. 이 정도면 비싼 삯을 치르는 거니까, 너를 천덕꾸러기 취급하지는 않겠지."

다음 날 덕주와 아버지는 비탈길을 올랐다. 덕주는 쓰개치마를 썼고 아버지는 어머니가 준 면포를 들었다. 아버지는 그 댁에 관해 조곤조곤 설명했다. 배다리 임금님이 살아 계실 때는 그 집도 한양에서 크게 세를 떨쳤다고 했다. 집안에 높은 자리까지 오른 벼슬아치가 수두룩한데, 그중에는 임금의 스승도 있고 청나라에 다녀온 사신도 있다고 했다.

"그러다가 임금님이 돌아가시고 큰어른께서 당파 싸움에 휘말려 귀양을 가면서 집안이 기운 모양이야. 그래서 그 부부도 한양에서 이리로 내려온 거라더라."

덕주는 아버지의 말을 들을수록 기가 죽었다. 그런 대단한 집에 무언가를 배우러 간다는 게 당치 않게 느껴졌다. 덕주의 발걸음이 느려지자, 아버지가 돌아봤다.

"왜 그러냐. 괜한 욕심을 부리는 것 같아서 그래?"

덕주는 냉큼 그렇다고 말하고 싶었지만, 말을 삼켰다. 아버지는 빙그레 웃더니 발걸음을 멈추고 강을 내려봤다. 덕주도 쓰개치마를 젖히고 주위 풍경을 둘러봤다. 그러고 보니 유독 하늘은 파랗고 강물은 반짝이는 날이었다.

"안 그래도 말이다. 내가 그 선비에게 부탁하는 모습을 보고 다들 한마디씩 하더구나. 딸은 시집가면 그만인데 뭐 그리 애를 쓰느냐고 하더라. 그 자리에서야 잘못 키운 딸은 남의 집을 망친다지 않느냐, 집안에 먹칠을 하면 어쩌느냐고 눙쳤지. 그런데 그건 그저 둘러대는 말일 뿐이고……."

아버지는 말을 멈추고 먼 곳을 보았다. 덕주도 강 너머를 바라봤다. 푸르스름한 쪽빛으로 물든 산줄기가 구불구불 이어지다가 뾰족한 봉우리가 칼날처럼 솟았다. 아버지는 긴 한숨을 내쉬었다.

"어떤 부부는 몇 년에 한 번씩 시집간 딸을 보러 먼 길을 간단다. 한번 시집가면 친정 나들이도 못 하게 하는 집이 많으니까. 딸이 사는 곳과 자기 집의 중간쯤에서 만나 자리를 깔고 음식을 나눠 먹는데, 부모고 딸이고 매번 울기만 하다가 돌아온다더라. 또 어느 집에서는 사돈에게 자주 편지를 보내서 딸 얼굴을 보자 조른다고 하고, 어느 아버지는 아예 사돈댁을 찾아가 염치없이 며칠씩 묵기도 한다는 거야. 그러니 다들 비슷한 마음인 거다. 그저 딸이 보고 싶은 거지."

아버지는 덕주를 돌아보며 미소 지었다. 밝은 햇살 아래에서 보니 아버지의 낡은 갓과 구깃구깃한 도포가 새삼스레 눈에 띄었다. 아버지의 얼굴도 쓸쓸해 보였다.

"나도 네가 어디서든 잘 살길 바랄 뿐이다. 너는 심성도 착하고 부지런하니 어디서든 잘 해낼 거다. 널 가르칠 부인도 네가 참한 아이라는 걸 금세 알아볼 거고. 그러니 주눅 들 것 하나 없다. 알겠니?"

아버지는 다시 언덕을 올랐다. 덕주는 묵묵히 아버지의 뒤를 따라 걸었다. 아버지는 늘 그렇듯 덕주가 고분고분한 여인이 되리라 믿고 있다. 덕주의 마음이 강물처럼 끊임없이 울렁거리는 건 모른 채 말이다. 이런저런 생각에 빠져 있던 덕주는 아버지가 은행나무 집 앞에 멈춰 서자 화들짝 놀랐다.

"아버지가 말씀하신 곳이 여기예요?"

"그래. 그런 대단한 집이라기에는 영 소박하지?"

덕주는 뭐라 말해야 할지 몰라 말을 더듬었다. 그 사이 아버지는 목청을 가다듬고는 사람을 불렀다. 대문 너머에서 문이 열려 있다고 대꾸하는 소리가 들렸다. 아버지와 덕주는 조심스레 대문을 열고 들어갔다.

덕주는 낯선 사랑채 풍경에 정신이 팔렸다. 은행나무가 가지를 뻗친 흙담 아래에는 구기자가 무성하고, 반대편 담에는 안채로 통하는 사잇문이 나 있었다. 오래 묵은 집인지 기와는 색이 바랬지만, 잘 닦은 마루는 반질거렸다. 창문을 열어둔 사랑채에 책을 읽는 나이 지긋한 선비가 보였다.

"어르신, 저 기억하시죠?"

아버지는 마당을 성큼성큼 가로질렀다. 할아버지는 책을 내려놓고 눈을 휘둥그레 떴다.

"우리 잔치에서 보았지요? 아마, 문 생원이라 했나요?"

"역시 기억하시네요. 그 자리에서 해 주신 약조 때문에 왔습니다."

"무슨 약조요?"

할아버지는 자못 당황한 얼굴로 자리에서 일어났다. 덕주는 쓰개치마 자락을 꼭 쥐고 얼굴을 가렸다. 아버지는 팔을 휘저으며 헤실헤실 웃었다.

"이 댁 부인께서 저희 아이를 가르치게끔 하겠다고 말씀하셨잖습니까. 저 아이가 제 여식인데, 부인께서 직접 보시는 게 좋을 듯하여 데려왔습니다."

"아니, 나는 그저 한번 물어보기나 하겠다고 한 거잖소. 게다가 아직 말을 꺼내지도 못했소."

"그야, 지금이라도 말씀하시면 되지요. 부인께서는 당연히 지아비의 뜻을 따를 텐데, 뭐가 걱정입니까. 답례로 이것도 가져왔으니 한번 보시고……."

아버지는 가져온 면포를 사랑채 마루에 내려놓았다. 허둥지둥 마당으로 내려온 할아버지는 난감한 표정으로 이마를 짚었다. 덕주는 얼굴이 훅 달아올랐다. 아무래도 아버지가 생각한 것만큼 확실한 약조는 아니었던 모양이다.

“대체 무슨 일입니까?”

그때 언덕에서 본 할머니가 사잇문으로 나왔다. 할머니는 덕주 쪽으로는 눈길도 주지 않고 아버지만 뚫어지라 바라보았다. 언덕에서 마주칠 때는 늘 지치고 피곤한 얼굴인데, 다시 보니 눈빛은 형형하고 자세도 꼿꼿해서 아예 다른 사람 같았다. 아버지가 부랴부랴 말을 늘어놓았지만, 할머니는 칼을 휘두르듯 단번에 잘랐다.

“어찌 된 사정인지는 알겠으나, 소학에 이르기를 여자는 바깥일을 말하지 않고, 남자는 안에서 벌어지는 일을 말하지 않는다고 했지요. 지아비의 뜻을 따르는 게 아내의 도리이긴 하나, 이것은 집안의 일이니 오롯이 내가 결정할 문제입니다.”

카랑카랑한 할머니의 목소리는 서릿발처럼 매서웠다. 아버지가 뭐라고 대답하기도 전에 할머니가 거듭 선을 그었다.

“게다가 저는 중히 하는 일이 있어 바쁘니, 댁의 따님을 가르칠 여력은 없습니다. 여기까지 어려운 걸음 하셨지만, 돌아가시는 게 좋겠습니다.”

덕주는 할머니의 거절에 무안해서 쓰개치마를 여미면서도 귀가 쫑긋 섰다. 여인이 스스로 자기가 하는 일을 중요하다고

말하는 모습을 처음 봤다. 대체 무슨 일을 하는지 알고 싶은 마음이 굴뚝같았지만, 입을 벌린 채 굳어 버린 아버지가 더 신경 쓰였다.

"아니, 그래도……."

아버지는 말을 더듬었다. 갓을 쓴 얼굴이 붉게 달아올랐고, 목덜미도 온통 땀에 젖었다. 덕주는 그만 돌아가자고 말하려고 아버지에게 다가갔다. 급하게 움직이는 통에 쓰개치마가 벗겨져 얼굴이 드러났다. 그제야 덕주를 본 할머니의 눈썹이 꿈틀 움직였다.

"아, 너는 언덕에서……."

덕주는 할머니와 눈을 마주치고는 재빨리 고개를 흔들었다. 덕주가 새벽마다 집을 빠져나가는 건 아버지는 몰랐으면 했다. 할머니는 묘한 미소를 지으며 입을 다물었다. 그사이 묵묵히 땅만 내려다보던 아버지는 크게 한숨을 내쉬었다.

"덕주야, 아무래도 글렀나 보다."

덕주와 아버지는 몸을 돌렸다. 대문까지 가는 발걸음이 무거워서 마당이 넓게만 느껴졌다. 그때 할머니의 목소리가 들렸다.

"대신 따님이 저를 돕는 건 어떨까요."

4. 길쌈

"으악."

덕주는 섬찟한 웃음소리를 내는 어둑서니에 쫓기는 꿈을 꾸다가 잠에서 깼다. 해가 져서 방 안은 어둑했고, 마당에 켠 횃불에 종이를 바른 방문이 어룽어룽 빛났다.

덕주는 부스스 몸을 일으켰다. 이른 저녁을 먹고 나서 얼핏 선잠이 든 모양이다. 밖에서는 아주머니들이 웃는 소리가 들렸다. 동네 아주머니들이 덕주네 집에 모여 길쌈하는 날이다. 덕주는 꿈에서 어둑서니가 내던 웃음소리의 정체를 깨닫고 한숨을 내쉬었다.

은행나무 집에서 돌아오는 내내 아버지는 할머니를 두고

역시 듣던 대로 현명한 부인이라고 거듭 칭찬했다. 할머니가 가르치는 게 아니라 자기를 돕는 거라고 말해 준 덕분에 두 집 모두 떳떳해지지 않았냐고, 덕주도 그런 재치를 배워야 할 거라고 했다.

할머니가 돌려준 면포를 품에 안은 덕주는 아버지의 말을 듣는 둥 마는 둥 했다. 막상 허락받고 나니, 걱정이 밀려들었다. 덕주와 아버지를 다시 부를 때 할머니의 표정이 묘했다. 웃는 듯도 하고 인상을 찌푸린 듯도 했다. 옆에서 듣던 사랑채 할아버지가 놀란 토끼 눈이 된 것도 마음에 걸렸다. 게다가 덕주는 글씨는 잘 써도 일할 때는 더디고 서툰데 그 댁에서 무엇을 도울 수 있을지 자신이 없었다.

"그래서 쫓기는 꿈을 꿨나."

덕주는 손바닥으로 얼굴을 문지르고는 바깥의 눈치를 살폈다. 어머니가 덕주를 깨우지 않은 걸 보면, 이대로 모른 척 쉬어도 될 성싶었다. 덕주는 무릎걸음으로 반닫이로 다가가서 책을 꺼냈다. '여장군전'이라는 제목의 언문 소설인데, 한양에 있는 오라버니가 집에 들렀을 때 아버지 몰래 주고 간 책이다. 요즘 한양의 여인들은 너도나도 세책점에서 소설책을 빌려다 읽는다고, 문득 이야기를 좋아하는 덕주 생각이 나서 샀다고 했다.

덕주는 책을 펼쳤다. 방이 어두워 글자를 읽을 수는 없지만, 이미 수십 번도 더 읽어서 내용이 훤했다. 집안이 몰락하고 홀로 남은 소녀가 살아갈 방책을 궁리하다가 스스로 남자로 꾸미고는 글공부하고 무술도 익힌다. 그 재주가 어찌나 뛰어난지 과거에 장원 급제하여 높은 벼슬에 오르고, 병사를 이끄는 장군이 되어 전쟁에서 나라를 구한다.

덕주가 아는 이야기를 되짚는 사이, 방문 밖에서 들리던 아주머니들의 목소리가 와락 낮아졌다. 덕주는 귀가 쫑긋 섰다. 길쌈 자리에서는 온갖 이야기가 다 나왔다. 아주머니들은 흥미진진한 대목에서는 영락없이 목소리를 낮추고 소곤거렸다. 궁금증을 이기지 못한 덕주는 책을 든 채 마루로 나왔다. 마당에 둘러앉아 머리를 맞댄 아주머니들이 보였다.

"아씨야, 이제 일어났구나."

덕주를 본 소라니댁이 수선스레 목소리를 높이자 아주머니들은 이야기를 뚝 그쳐 버렸다. 다들 볼이 발그레했다. 덕주는 아쉬운 마음에 부러 큰 소리로 투덜거렸다.

"언니는 왜 자꾸 아씨라고 부르고 그래."

길쌈을 하는 아주머니들은 형 동생 사이로 지냈다. 가난한 양반도, 도망친 양민과 노비도 있지만 아주머니들은 적어도 길쌈을 할 때만큼은 서로를 따지지 않았다. 아버지는 반상의

법도도 모르는 동네라고 못마땅하게 여겼지만, 어머니는 함께 일하려면 그런 건 모른 척 넘어가야 한다고, 어차피 살림살이도 고만고만하지 않냐고 했다. 그런데 소라니댁은 자꾸 덕주를 아씨라고 높여 부른다.

"왜기는 왜야. 너는 글씨를 잘 쓰잖니. 글씨를 잘 쓰면 아씨지, 누가 달리 아씨겠어? 내가 까막눈이라도 예쁘고 미운 건 안다고."

덕주는 배시시 웃으며 소라니댁 옆에 쪼그려 앉았다. 멀리 산이 첩첩이 겹친 산골마을에서 왔다는 소라니댁은 혼인하고 아이도 낳았지만, 따져 보면 덕주와 몇 살 차이도 나지 않았다. 함께 놀던 동네 언니들이 하나둘씩 시집가 버리고, 또래라고는 하나도 없는 덕주에게는 귀한 말동무이기도 했다. 덕주는 목소리를 낮춰 소곤거렸다.

"방금 무슨 이야기 했어?"

"새벽마다 언덕을 헤매는 처녀 귀신 이야기. 아씨도 들어봤나 모르겠네? 이 집 딸이랑 많이 닮았다던데."

소라니댁이 능청스레 대꾸하자 아주머니들이 와르르 웃음을 터뜨렸다. 어머니도 따라 웃으며 덕주를 돌아봤다. 온종일 지친 표정인 어머니도 아주머니들과 어울릴 때는 웃기도 하고 농담도 했다. 덕주는 부루퉁하게 입술을 내밀고 일어섰다.

어머니는 그제야 덕주 편을 들어주는 척 목소리를 높였다.

"남의 딸 그만 놀리고 어서들 일이나 하소. 이 많은 삼은 언제 삼을 건가."

"형님, 보채지 마소. 이는 시리고 무릎은 쓰라린데."

한 아주머니가 이로 삼의 속껍질을 가늘게 째며 웅얼거렸다. 삼을 이로 가르고 가느다란 올에 침을 발라 무릎에 문질러 길게 잇는 일을 삼삼기라 부른다. 거듭하다 보면 무릎은 빨갛게 달아오르다 못해 멍이 들고 피가 맺히기 일쑤다.

덕주는 하나같이 굳은살이 박인 무릎들을 보고 한숨을 쉬었다. 베 한 필을 짜내려면 무척이나 손이 많이 간다. 밭에다 기다란 삼을 길러, 그 줄기를 커다란 솥에 쪄 내어 햇볕에 말리고, 이로 물어 가늘게 쪼갠 다음 올올이 무릎에 문질러 길게 이어 줘야 한다. 그다음에도 씻고 말리고 물레에 돌리고 풀을 먹이고, 여러 번 손이 가야 실이 된다. 그 실을 가지고 베틀로 밤낮없이 짜야 삼베 한 필을 얻을 수 있다.

"이렇게 손이 많이 가는데, 배에 실린 포목은 어찌 그리도 많은지 몰라. 참 신기하지."

덕주는 어머니가 이은 가느다란 올을 말아 타래를 짓다가 문득 배에서 줄줄이 실려 나오던 옷감이 떠올라 중얼거렸다. 선돌댁이 느닷없이 욕설을 내뱉더니 분통을 터뜨렸다.

"그게 뭐겠냐. 우리처럼 죽어라 고생하는 여인들이 세상천지에 엄청 많다는 거 아니겠나. 집에서는 옷을 짓고, 시장에서는 돈으로 쓰고, 나라에는 군포로 내는 게 다 여인들의 손으로 만들어진다, 이 말이야. 사내들은 그게 다 누구 덕인지도 모르고……."

덕주는 선돌댁이 취했나 싶어 흘끔 눈치를 살폈다. 남쪽 바닷가 마을에서 왔다는 선돌댁은 원래 말투가 거칠기도 하지만, 불빛 때문인지 얼굴이 좀 불그스름했다. 덕주는 고개를 갸웃거리다가 어머니에게 속삭였다.

"혹시 또 싸웠대요?"

"그런가 봐. 김 서방이 말만 가려서 해도 저렇게 성내지는 않을 건데, 꼭 그 말을 해서 사람 속을 뒤집어 놓는다니까."

"또 무식한 여편네라고 했구나."

덕주는 고개를 절레절레 저었다. 그 아저씨도 딱히 배움이 있는 것 같지 않은데, 툭하면 선돌댁더러 무식하다면서 바깥일에 끼지 말라고 했다.

"저도 그 소리가 제일 듣기 싫어요."

덕주는 볼멘소리로 중얼거렸다. 여자들은 마땅히 집에 있어야 한다면서, 또 집에만 있으니 무식하다고 한다. 삼으로 베를 짜고, 알맞은 불을 때어 밥을 하고, 때에 맞춰 옷을 짓는 법을 잘 배워야 한다면서도, 그런 일은 하나도 중요하지 않은 듯 군다.

“이리 고생해 봐야 뭐 해. 좋은 소리를 듣기를 하나, 내 옷 하나 제대로 지어 입기를 하나. 뙤약볕에 온종일 밭매고, 밤에 베 짜고 또 새벽같이 일어나서 밥을 지으려고 하면 잠이 부족해서 딱 죽겠다, 이 말입니다. 저는요, 잠 좀 푸지게 자는 게 아주 소원입니다, 소원.”

선돌댁의 한탄이 길어지자, 어머니는 덕주의 등을 슬쩍 밀면서 부엌에 쪄 놓은 옥수수를 가져오라고 했다. 덕주는 광주리에 옥수수를 담아 와 아주머니들에게 나누어 주었다. 선돌댁은 옥수수를 원수처럼 물어뜯었다. 그러다 기분이 풀렸는지 고개를 빼고 덕주를 찾았다.

“아까 보니까 아버지랑 은행나무 집에 가던데, 무슨 일로 그리 차려입고 갔대. 좋은 일이라도 있어?”

“그 집에서 일을 돕고 살림도 배우기로 했어요.”

덕주의 대답에 아주머니들은 모두 눈을 휘둥그레 뜨고 돌아봤다. 소라니댁이 수선을 떨었다.

“그 댁 안주인이랑은 어찌 아는데? 그이는 집 밖에도 잘 안 나오잖아. 어쩌다 마주쳐도 얼마나 쌀쌀맞은지 말 한번 붙이기가 여간 어려운 게 아니던데.”

"그게 어쩌다 보니까……."

덕주는 대충 얼버무렸다. 아버지가 직접 자기를 부탁했다는 이야기도, 새벽마다 언덕에서 마주치곤 한다는 이야기도 쉬이 입 밖으로 나오지 않았다. 선돌댁이 말꼬리를 길게 빼며 이죽거렸다.

"아이고, 그거 욕심이다, 욕심. 그 댁 살림을 배운들 뭐에 쓴다고 그러냐. 거기서 하는 건 이런 오막집 살림이랑 생판 다를 건데. 괜히 눈만 높아지고, 헛바람이나 들지 않으려나 몰라."

덕주는 대답 대신 흘끔 어머니를 돌아봤다. 어머니는 손을 재빠르게 놀리면서도 느릿느릿 답했다.

"덕주가 어디서 뭘 배우든 내가 알아서 할 건데, 선돌이 너는 별걱정을 다 한다. 까딱하면 우리 집 밥상도 차리겠어."

"그게 아니고요, 형님. 저는 덕주가 걱정스러워서 하는 소리 아닙니까. 그런 부잣집 마나님이 다 아랫것들 시키지, 자기 손으로 일해 본 게 얼마나 되겠어요. 덕주가 가 봐야 허드렛일 하느라 고생만 실컷 할지도 몰라요."

"그래. 선돌이 네가 우리 집 안방에 아주 들어앉아 버려라."

어머니가 휘휘 손을 내저으며 받아치자 아주머니들이 와르르 웃었다. 말문이 막힌 선돌댁은 입술만 삐죽거렸다. 소라니댁이 곁에 앉은 덕주에게 걱정스레 소근거렸다.

"나도 그분 성격이 보통이 아니라는 이야기를 많이 들었어. 아주 매섭기가 칼 같다고 하던데. 혹시 네가 뭐 하나 잘못하면 눈물이 쏙 빠지게 혼낼지도 몰라."

"아니, 그렇게 무서워 보이지는 않았는데……."

덕주는 얼떨떨하게 대꾸했다. 아버지에게 따끔하게 말하던 모습은 차갑긴 했지만, 언덕에서 마주쳤을 때는 그저 쓸쓸해 보였다. 덕주가 고개를 갸웃거리는 사이 아주머니들은 수다를 늘어놓았다.

"누가 뭐래도 한양서 엄청난 집안을 건사하던 며느리잖아. 분명 보통내기가 아니겠지. 얼마 전에 시어머니가 시동생네로 가면서 손발처럼 일하던 이들을 데려가 버렸다던데. 그러고도 끄떡없이 버티는 거 봐."

"무척이나 똑똑한 사람이라잖아요. 어릴 때부터 총명해서 글자도 금방 깨쳤대요. 선비들이 보는 어려운 책도 술술 읽고 글도 쓴답니다."

"어려운 책요?"

덕주가 불쑥 끼어들어 물었다. 문득 글을 쓰냐고 묻던 할머니의 얼굴이 떠올랐다. 아주 잠깐이지만, 덕주의 손에 남은 먹물 자국을 보고 반가워했던 것도 같다.

"그렇대. 지금도 그 집에는 책으로만 가득 찬 방이 있다더

라. 그 부인은 사랑채에서 바깥양반이랑 같이 책 읽고 공부도 한대.”

덕주는 가슴이 두근두근 뛰었다. 책으로 가득 찬 방이라니. 모르긴 몰라도 할머니는 덕주가 한 번도 들어보지 못한 재미난 이야기를 잔뜩 알고 있을 게 분명하다. 그때 선돌댁이 덕주의 들뜬 기분에 찬물을 끼얹었다.

“그래서 내가 걱정하는 거 아니니. 그런 사람한테 여간내기가 눈에 차겠어? 덕주 너는 손도 무딘데, 어찌 되겠니.”

덕주는 선돌댁을 흘겨봤다. 구구절절 맞는 말만 하는 선돌댁이 얄미웠다. 소라니댁이 대신 목소리를 높였다.

“왜 자꾸 기를 죽이고 그래요. 우리 아씨도 책 얼마나 잘 읽는데.”

“내가?”

덕주는 뜬금없는 말에 눈만 깜박였다. 소라니댁은 덕주가 들고나온 책을 가리켰다.

“그 책 지난번에 읽어 준 그 이야기 아냐? 나는 우리 아씨가 읽어 주는 게 참 좋던데. 지금 한번 읽어 봐.”

덕주는 책을 읽을 기분이 아니라고 고개를 내저었지만, 좋은 생각이라고 아우성치는 아주머니들의 등쌀을 이길 재간이 없었다. 어머니마저도 읽으라고 말을 보탰다.

덕주는 하는 수 없이 책을 들고 마루에 걸터앉았다. 마당에 둘러앉은 아주머니들의 눈빛이 반짝거렸다. 덕주는 목을 가다듬고는 소리 내어 책을 읽었다.

"홀로 남은 소녀는 좋은 계책을 떠올렸다. 남자의 옷으로 갈아입고 밤이면 병서를 읽고 낮이면 말달리기와 창 쓰기를 익혔다. 그 용맹과 지략이 뛰어나 세상에 겨룰 사람이 없었다."

이야기가 뻗어 나가면서 덕주의 목소리는 점점 커졌다. 아주머니들은 숨죽인 채 귀 기울였다. 고아가 된 소녀가 안타까워 한숨을 내쉬기도 하고, 누구 못지않은 재주에 감탄하며 웃기도 했다. 소녀는 과거에 급제했고 전쟁에 나가 두려움 없이 적을 무찔렀다.

덕주도 어느새 장군이 된 듯한 기분이 들었다. 당장 무엇이든 할 수 있을 듯이 벅차올랐다. 덕주는 씩 웃으며 책을 덮었다.

5. 안채 구경

덕주는 은행나무 집 대문 앞에서 서성거렸다. 덕주 혼자 대갓집을 찾는 일은 처음인데다 대문 앞에서 소리를 내지르는 건 쑥스러웠다. 장군처럼 무엇이든 해낼 듯한 기분은 밤사이에 그만 사라져 버렸다. 덕주는 간신히 목소리를 냈다.

"안에 계셔요? 저 왔는데요."

대문 너머는 잠잠했다. 다시 목을 가다듬고 외쳤지만, 아무 대답도 들리지 않았다. 덕주는 슬그머니 대문을 밀어 봤다. 문은 소리도 없이 열렸고 고요한 사랑채가 보였다. 덕주는 괜히 목소리를 낮춰 속닥거렸다.

"저 지금 들어가요."

덕주는 비어 있는 사랑채를 흘끔 돌아보고는 발소리를 죽여 안채로 가는 사잇문으로 향했다. 오는 내내 할머니의 안채가 어떤 모습일지 이런저런 상상을 해 보던 터다. 아마 사랑채처럼 안채도 단정하고 호젓할 거라 여겼다.

"아이고, 이게 다 뭐래."

덕주는 안채 마당에 들어서자마자 우뚝 멈춰 섰다. 안채는 덕주가 상상했던 고즈넉한 풍경과는 전혀 달랐다. 오히려 무엇인가를 뚝딱뚝딱 만드는 대장간과 비슷한 느낌이랄까.

안마당에는 빨갛게 달아오른 숯에 바로 얹어 놓은 솥이 두 개 있었는데, 각각 담긴 노랗고 빨간 물에서 흰 김이 아른아른 피어올랐다. 처마 아래에는 주황색, 노란색, 자주색으로 물들인 커다란 천이 바람을 맞아 너울거렸다. 마당 구석에는 정체 모를 커다란 저울이 섰다.

마루에는 안경을 쓴 채 책을 읽는 할머니가 보였다. 낮은 책상은 여러 권의 책과 붓이 꽂힌 필통, 벼루로 빼곡하고, 마루 구석에는 누렇고 하얀 옷감과 붉은 꽃이 가득 담긴 대바구니도 놓였다.

"저기……."

마당 구석에 선 덕주는 목소리를 삼켰다. 할머니가 너무나 진지해서 도무지 말을 걸 수가 없었다. 할머니가 쓴 안경은 둥

그런 테를 비단실로 묶어 귀에 거는 형태라, 할머니는 얼핏 책 읽는 올빼미처럼 보이기도 했다. 누군가 안경 쓴 모습을 처음 본 덕주는 슬며시 웃음이 나왔지만, 그저 입술에 힘을 주고 버텼다. 잠시 후, 무심코 고개를 든 할머니는 엉거주춤 선 덕주를 보곤 소스라치게 놀랐다.

"아이고 이런, 네가 오기로 한 걸 깜박 잊었구나."

덕주는 다소곳하게 허리를 굽혔다. 할머니는 난감한 표정으로 덕주와 손에 든 책을 번갈아 보았다.

"지금 내가 꼭 봐야 하는 책이 있는데 어쩐다. 오늘은 그냥 집으로 돌아가도 되고, 거기 앉아 있다가 가도 좋다. 너도 매일 바쁠 테니, 잠시 쉬어도 되겠지."

덕주는 주춤거리다 가까운 툇마루에 걸터앉았다. 할머니는 덕주를 슬쩍 보고는 다시 책에 빠져들었다. 마당 구석에 놓인 기이한 저울이 덕주의 눈길을 끌었다. 저울 옆에는 불붙인 화로가 놓였고 그 위에 약탕기를 얹었는데, 약탕기의 둥근 나무 손잡이가 저울대의 갈고리에 걸려 있었다. 세 개의 나무 기둥이 저울대의 중심을 받쳤고, 반대쪽에는 묵직한 돌이 매달려 있었다.

덕주는 약탕기를 보며 손가락을 꼼지락거렸다. 아까부터 약 달이는 냄새가 뭉근하게 나는 거로 봐서는 이미 약이 끓고 있는 듯했다.

"저대로 두면 다 타 버릴 텐데."

덕주는 바닥에 놓인 부채를 쥐고 약탕기로 슬금슬금 다가갔다. 약 달이기도 쉽지 않은 게 지켜보고 있을 때는 아무 변화도 없는 듯하지만, 잠시 눈을 떼면 금세 타 버린다. 덕주가 약이 얼마나 남았나 안을 들여다보려고 할 때였다.

딸랑.

어디선가 종소리가 나더니 약탕기가 움찔 움직였다. 깜짝 놀란 덕주는 한발 물러나 약탕기와 저울을 바라봤다. 종소리는 약탕기의 반대편에 달아 놓은 돌에서 났다.

"이 괴상한 약탕기는 당최 뭐람."

덕주는 두어 발 물러나 약탕기와 저울을 요모조모 뜯어봤다. 그러다 이상한 저울의 정체를 깨닫고 빙그레 웃었다.

"알았다. 이것 참 신통방통한 물건이네."

"뭘 알았는데?"

어느새 덕주를 지켜보던 할머니가 물었다. 덕주는 약탕기를 가리키며 조심스레 답을 내놓았다.

"약이 졸아들면 약탕기가 가벼워지니까, 반대쪽 돌이 점점 내려가게 되고, 그러면서 약탕기를 불과 멀어지도록 만든 거지요. 돌이 움직일 때 종이 울리면 약이 다 된 걸 알 수 있고요.

그러니까 이건 약이 저절로 달여지는 약탕기인 거죠."

"바로 맞혔다. 눈썰미가 제법이구나."

"누가 만든 건지 몰라도, 참 좋은 꾀를 냈네요."

"내가 만들었다."

"할머니께서 직접 이걸 만드셨다고요?"

덕주는 할머니를 새삼스레 돌아봤다. 생전 처음 보는 물건을 만들어 내는 것도, 그 물건이 생각한 대로 움직이는 것도 신기했다. 할머니는 무덤덤하게 말했다.

"매일 약을 달이려니 너무 지쳐서 만들어 봤구나. 저 약탕기의 무게에 꼭 맞는 돌을 구하기가 쉽지 않더라."

할머니와 이야기하는 사이 저울대가 더 기울고 약탕기는 공중에 대롱대롱 매달렸다. 할머니는 앓는 소리를 내며 자리에서 일어나서는 부엌으로 가 흰 대접을 들고나왔다. 약탕기 속의 탕약은 대접 하나에 딱 맞게 달여졌다. 할머니는 탕약을 들이켜고는 오만상을 찌푸렸다.

"이런 생각은 어찌 해 내셨대요?"

"글쎄다. 누구나 고생하다 보면 이런저런 방법을 찾기 마련이잖니."

할머니는 무심한 얼굴로 하얀 김이 솟아오르는 솥을 내려다보고는 다시 자리로 돌아가 책을 잡았다. 덕주도 발소리를 죽여 원래 앉았던 툇마루로 갔다. 온갖 물건으로 어수선한 안마당을 앞에 두고도 할머니는 금세 책 읽기에 빠져들었다. 책장을 넘기는 소리가 사락사락 났다.

덕주는 할머니가 책 읽는 모습을 멍하니 바라봤다. 아버지도 집에서 온종일 글을 읽으시고, 오라버니가 과거 시험을 준비할 때 책과 씨름하는 모습도 자주 봤지만, 할머니가 공부하는 모습은 뭔가 달랐다. 덕주는 문득 여장군전의 소녀를 떠올렸다. 그 소녀가 과거를 보려고 홀로 공부할 때 저런 모습이었을까.

'하지만 할머니가 과거를 볼 것도 아닐 텐데.'

덕주는 할머니가 무슨 공부를 하는지 궁금했지만 차마 물어볼 엄두가 나지 않았다. 속절없이 앉아 있으려니 이내 지루해져서, 이리저리 몸을 비틀었다. 그러다 고개를 떨군 덕주는 댓돌과 툇마루 사이에서 책 한 권을 발견했다. 덕주는 할머니의 눈치를 흘끔 살피고는 책을 집었다. 손때가 까맣게 묻고 모서리가 일그러진 서책에는 아무 제목도 적혀 있지 않았다. 펼쳐 보니 두서없는 글이 빼곡하게 적힌 공책이다.

"아이고, 개 발이랑 새 발이 죄다 여기 모였네."

덕주는 공책을 펼치자마자 숨죽여 종알거렸다. 공책에는 어려운 한자와 언문이 가득 쓰여 있었는데, 어찌나 대충 휘갈겨 썼는지 언문도 알아보기가 어려웠다. 덕주는 눈살을 찌푸리고 한참 들여다봤다.

이는 부녀가 마땅히 연구할 바다.

덕주는 간신히 읽어 내고도 뜻이 와닿지 않아 고개를 갸웃거렸다. 아버지는 이치를 깨달을 때까지 부단히 연구하는 게 선비의 일이라고 말하곤 했다. 그 말투가 무척 엄숙해서 연구란 아무나 못 하는 일인가 보다 생각했는데.

"히히."

덕주는 숨죽여 웃으며 책장을 넘겼다. 부인이 무엇을 연구한다는 건지는 모르겠지만, 왜인지 속이 시원했다. 그 외에도 개발새발 쓰인 글씨 중에 천락수, 유황배 같은 말을 알아볼 수 있었고, 동의보감, 지봉유설 같은 글자도 보였다. 동의보감은 덕주도 들어본 책 이름이다.

'이거 계속 봐도 되려나.'

덕주는 할머니의 눈치를 흘끔 살폈지만, 붓을 들어 뭔가를 쓰기 시작한 할머니는 덕주가 춤을 춰도 모를 듯했다. 덕주는 몸을 수그린 채 다시 공책을 들여다봤다. 낙서처럼 휘갈긴 글씨도 있고, 단정하게 적힌 한자도 있다. 마치 온갖 생각이 휙 휙 날아다니는 누군가의 머릿속을 보는 듯한 기분이었다.

몇 장을 넘기니 그림도 나왔다. 이리저리 그어 놓은 몇 개의 선일 뿐이지만, 비슷한 그림을 여러 번 그린 것으로 봐서는 뭔가를 궁리하던 자국인 듯했다. 그림 주변의 글씨를 읽으려고 애쓰던 덕주는 이 그림이 무엇인지 문득 깨달았다. 덕주는 마당의 약탕기 저울을 바라봤다.

'저걸 만들 때 그리신 거네.'

덕주는 싱긋 웃었다. 할머니가 별일이 아닌 것처럼 말해서 손쉽게 만든 줄 알았더니, 실은 이런저런 궁리를 거듭했던 모양이다. 그림 뒤로는 도무지 읽을 수 없는 한자투성이라 책장이 금세 넘어갔다. 공책의 제일 마지막 쪽에 이르자 반듯하게 적힌 글씨가 나왔다.

규합에 어찌 인재가 없으리오.

덕주는 그 말을 소리 내어 중얼거렸다. 규합은 여성이 거처하는 방이나 안채를 뜻하는 말이다. 그러니까 이 말은 여인 중에도 뛰어난 이가 있으리라는 뜻이다. 되새길수록 마음에 드는 말이다.

"그래. 내가 썼지만 참 괜찮은 말이지."

덕주는 할머니의 목소리에 놀라 퍼뜩 고개를 들었다. 어느 새 가까이 다가온 할머니가 장난스러운 미소를 지으며 덕주를 내려다봤다. 덕주는 서둘러 공책을 덮었다. 어쩌다 보니 떨어져 있는 걸 주워 보게 되었는데, 미처 허락을 구하지 못했다고 변명을 늘어놓았다. 할머니는 씩 웃기만 했다.

"그 부분 말고 다른 쪽도 읽어 보았니?"

"보긴 봤는데 제대로 읽지는 못했어요. 글씨가 너무 엉망진창……."

덕주는 아차 싶어 입을 꾹 다물었다. 할머니는 덕주를 흘겨보고는 공책을 돌려받으며 투덜거렸다.

"그건 다 급하게 써서 그런 거야."

할머니는 건넌방의 문을 열었다. 덕주는 방을 보고는 입을 딱 벌렸다. 벽에 시렁이 두 줄로 처져 있었는데, 칸칸이 종이가 쌓여 있었다. 할머니는 그중에 종이 한 장을 찾아서는 빽빽한 글씨를 찬찬히 읽어 내렸다.

"이게 다 뭐예요?"

"뭐긴, 내가 쓴 것들이지. 한 장 한 장 다 직접 쓴 거다."

덕주는 종이로 가득 찬 건넌방을 멍하니 바라봤다. 할머니가 어려운 책을 술술 읽는다는 이야기는 들었지만, 이렇게 많은 글을 쓸 줄은 몰랐다. 여인들이 쓰는 글이라면 집안 어른께 보내는 문안 편지가 다인 줄 알았는데. 덕주는 손가락을 꼼지락거리다가 목소리를 끌어냈다.

“전에 뭔가 중한 일을 한다셨잖아요. 대체 그 일이 뭔가요?”

할머니는 덕주를 의아하게 돌아봤다가 싱겁게 웃었다.

“여인이 공부하고 글을 쓰는 모습은 처음 보았느냐?”

덕주는 묵묵히 고개만 주억거렸다. 사실 계집이든 사내든 누가 이렇게 열심히 공부하고 많은 글을 쓰는 모습을 본 적이 없긴 하다. 할머니는 툇마루로 나와 안경을 벗고 흐트러진 머리를 쓸어 넘겼다. 덕주는 자기도 모르게 할머니의 얕은 한숨을 따라 쉬었다.

“저기 사랑채에는 대대로 모은 귀한 책이 많단다.”

“저도 알아요!”

무심코 맞장구를 쳐버린 덕주는 당황해서 입술을 꼭 깨물었다. 할머니가 의아하게 물었다.

“그걸 네가 어찌 아느냐?”

“그게…… 말이 헛나갔어요.”

덕주는 대충 얼버무렸다. 길쌈 자리에서 나온 이야기를 전하면 할머니가 언짢을 듯했다. 할머니는 이맛살을 찌푸렸지만 캐묻지는 않았다.

"나도 밥 짓고 반찬 만드는 틈틈이 사랑에 나가 글을 읽거든. 그러다 보니 잘 알려지지 않은 옛글 가운데 먹고사는 데 유용한 내용이 보이더구나."

덕주는 할머니의 말이 아리송해서 고개를 갸웃거렸다. 덕주가 이름이라도 아는 책이라고는 소학, 대학과 같은 사서삼경과 여인들의 행실을 가르치는 여훈서가 전부다. 그런 책에 먹고사는 일에 필요한 내용이 있다는 게 와닿지 않았다. 할머니는 덕주의 혼란을 알아챘는지 빙그레 웃었다.

"책이라고 사람의 도리를 가르치는 내용만 있는 건 아니야. 백성의 생활을 나아지게 하는 방법을 연구한 책도 많다. 어떤 책은 토지를 어떻게 나눠야 하는지 따지고, 또 어떤 책은 물건을 만들고 파는 문제를 파고들기도 하지. 당장 생활에 써먹을 수 있는 지식을 정리한 책도 있고 말이다."

"그렇게 기특한 책이 진짜 있다고요?"

덕주는 대청마루에 쌓인 책 대여섯 권을 바라봤다. 할머니가 보는 건 덕주는 들어 본 적도 없는 책이다.

"그래. 그런 책을 보다 보니 중요한 내용을 적어 둬야겠다는 생각이 들더구나. 옛말에도 총명함은 무딘 글만 못하다고 하지 않겠니. 그래서 내가 찾은 책에서 가장 중요한 내용을 가려 뽑고 내 생각을 덧붙여 글을 쓰고 있지."

덕주는 멍하니 할머니를 바라보다가 느릿하게 되물었다.

"그러니까 책을 쓰고 있다는 말씀이세요?"

"그래. 그게 나의 중한 일이다."

덕주는 입술을 달싹거렸다. 가슴이 크게 두근거렸다가 다시 죄어 왔다. 아버지는 그저 머리 숙여 순종하는 법을 배우고, 살림도 잘하는 부인이 되라고 덕주를 이 집까지 보낸 거다. 하지만 글을 쓰는 건 여인의 덕목이 아닌데. 덕주는 조심스레 입을 열었다.

"제 아버지 말씀으로는, 여인이 글을 배우면 자기를 낮추는 덕을 모르게 된다고 하던데요. 여인은 그저 음식을 하고, 옷을 짓는 일만 알면 족하다고요."

"그뿐이냐. 부인이 하는 일은 안방 밖을 나가면 안 되고, 남다른 재주를 가졌다고 해도 남들이 보고 듣게 하기보다는 속에 품어 감춰야 한다고 하지."

할머니는 쓰게 웃으며 맞장구쳤다. 덕주는 입을 꾹 다물었다. 온갖 도리라면 할머니가 더 잘 알 텐데, 너무 주제넘었나 싶기도 했다. 그때 할머니가 수상쩍은 일을 꾸미는 것처럼 목소리를 낮췄다.

"그러면 말이다. 여인이 먹고사는 일에 관한 책을 쓴다면 어떨 것 같으냐?"

"그건……."

덕주는 쉽사리 답하지 못했다. 여인들의 일에 관한 것이니 괜찮은 건지, 아니면 그 역시 책을 쓰는 것이니 부인이 지켜야 할 도리를 어긴 것인지 헷갈렸다. 할머니는 담 아래에 난 구멍을 찾아낸 아이처럼 눈을 빛냈다.

"백성의 생활을 나아지게 하는 학문이란 결국 잘 먹고 잘 입고 건강하게 사는 방책을 연구하는 것 아니겠니. 그 일을 가장 잘 아는 게 누구냐. 생각해 보렴. 그런 학문이야말로……."

"마땅히 부인이 연구할 바다."

덕주가 할머니의 말에 맞춰 중얼거렸다. 할머니의 공책에 쓰여 있던 글귀가 때맞추어 떠올랐다. 할머니는 덕주를 돌아보고는 함박웃음을 지었다.

"그래. 그런 연구가 나의 중한 일이다."

6. 언문이냐, 진서냐

"안에 계십니까? 스승님, 제가 왔습니다!"

누가 대문 밖에서 시끄럽게 소리를 지르더니 사잇문으로 윤보가 나타났다. 덕주는 언덕에서 마주쳤던 도령을 알아보곤 눈살을 찡그렸다. 그때와 달리 얼굴도 멀끔하고 옷차림도 깨끗했다. 손에는 짚으로 엮은 생선 한 두름을 들었다.

"스승님, 제가 오늘은 준치를 가져왔습니다. 이걸로 맛있는 국을 끓이면…… 어?"

싱글싱글 웃던 윤보도 덕주를 보자마자 얼굴을 찌푸렸다.

"저 계집아이는 왜 와 있답니까?"

"앞으로 날 도와주기로 했다."

"저 애가 스승님을 돕는다고요? 제가 조를 때는 절대로 안 된다고 하시더니."

윤보는 못마땅한 표정을 감추지 않은 채 덕주를 빤히 바라봤다. 덕주는 목소리를 낮춰 할머니에게 물었다.

"저 도령은 할머니 손자인가요?"

"아니야. 예전에 한양에서 살 때 가깝게 지내던 집의 장손이란다. 오랫동안 보지 못했는데, 저기 언덕 너머 기와집에서 머문다고 찾아왔더구나. 한동안 거기서 지낼 모양이야."

"뭐야. 그러면 자기도 그냥 손님이네."

덕주는 입술을 삐죽였다. 윤보도 코웃음을 치고는 들고 온 생선을 할머니에게 내밀었다.

"집에 좋은 준치가 있길래 몇 마리 가져왔습니다."

"제가 가져다 둘게요."

덕주는 할머니 대신 생선을 냉큼 받아 들었다. 어쨌든 할머니를 거들기로 했으니, 덕주가 할 일이기도 했다. 윤보는 떽떽거리며 부엌으로 가는 덕주를 뒤쫓아왔다.

"넌 운 좋은 줄 알아. 스승님께서는 온갖 책을 읽어 귀한 지식을 두루 아시는 데다, 집안 대대로 내려온 수많은 비법 또한 갖추신 분이야. 빙허각이라는 멋진 호도 있으시다고."

덕주는 윤보를 짐짓 외면한 채 처음 듣는 할머니의 호를 입속으로 중얼거렸다. 빙허각. 뜻은 모르겠지만 설익은 보리알처럼 깔깔하게 겉도는 느낌이라 자꾸 되뇌어 보게 됐다.

할머니는 책 읽던 자리를 정리하고 커다란 도마를 꺼내 놓았다. 윤보가 가져온 준치로 굴림만두를 빚어 탕을 끓이자고 했다.

"준치가 맛은 최고지만, 가시가 많아서 골칫거리지. 그 가시를 조금이라도 쉽게 빼내려면 이렇게 해 봐라."

할머니는 잘 씻은 준치를 토막 내어 도마 위에 세우고는 베 수건으로 눌러 보라고 했다. 그러면 가는 뼈가 수건 밖으로 나올 텐데, 그걸 낱낱이 뽑으면 된다고 했다. 덕주는 소매를 걷어붙이고 할머니가 말한 대로 해 봤지만, 잘되지 않았다. 그 모습을 지켜보던 윤보가 갑자기 덕주를 밀어내고는 생선을 잡았다.

"이렇게 하라는 말씀이잖아."

윤보가 생선을 쥐자 금세 가시가 수건 위로 밀려 나왔다. 윤보는 가시를 쏙쏙 뽑고는 다른 토막도 잡고 어렵잖게 손질해 냈다. 할머니가 대견해하며 웃었다.

"아주 잘하는구나."

"스승님께서 이리 상세하게 일러 주시는데, 바보가 아니고서야 못할 이유가 없지요."

윤보는 점잔을 빼며 대답하더니 턱짓으로 덕주를 가리켰다.

“저 아이 말고 제가 도와드리는 건 어떤가요? 어느 모로 보나 제가 더 나을 것 같은데요.”

덕주는 기가 막혀서 그저 코웃음만 쳤다. 할머니도 윤보를 나무랐다.

“무슨 황당한 소리인가. 자네는 여기서 기웃거릴 시간에 책을 더 봐야지. 그리하다가 언제 공부하여 과거를 보겠나. 자네는 자네 할 일부터 하게.”

“백번 옳으신 말씀입니다. 게다가 여기는 안채이니, 사내는 나가는 게 맞지요.”

덕주가 냉큼 맞장구치자 윤보 역시 지지 않고 목소리를 높였다.

“아닙니다. 굳이 한 명이 나가야 한다면 손재주가 있는 이가 남아야지요. 저 아이보다는 제 손이 훨씬 낫습니다.”

덕주와 윤보는 서로를 노려봤다. 이번에는 덕주도 윤보의 눈을 피하지 않았다. 할머니는 그저 혀를 차고는 가시를 빼낸 생선을 들고 부엌으로 갔다. 생선을 삶은 다음 그 살을 체에 거르고 양념하여 반죽을 만들고, 그걸 둥그렇게 빚어야 한다고 했다.

덕주는 곱게 부스러진 준치살을 빚었다. 윤보도 덕주와 할

머니 사이에 끼어서는 동그란 만두를 만들어 냈다. 윤보는 덕주가 빚은 만두를 보고는 큰소리쳤다.

"아무리 봐도 내가 빚은 게 더 예쁘네."

덕주는 윤보 쪽으로 눈길도 주지 않으려고 했지만, 밤톨처럼 매끈하게 빚어 내는 윤보의 솜씨를 자꾸 흘끔거리게 됐다. 무슨 부잣집 도령이 요리하는 손이 저리도 야무지담. 덕주는 그만 뾰로통해졌다. 할머니가 단호하게 야단치면 윤보도 금세 물러날 것 같은데, 왜 그저 내버려 두는지 이해가 가지 않았다. 윤보는 자기 자랑을 그치지 않았다.

"스승님, 아무리 봐도 제가 더 낫습니다. 저는 손재주도 있고, 책을 읽을 수 있는 데다, 부족하지만 글도 쓸 수 있으니까요."

"저도 언문 글씨는 잘 쓸 수 있어요."

덕주도 지지 않고 대꾸했다. 윤보는 부러 크게 웃어 댔다.

"너는 스승님이 어떤 책을 보시고, 무슨 글을 쓰시는지나 알고 끼어드냐? 저기 사랑채에 귀한 책이 얼마나 많은 줄 알아?"

윤보는 후드득 일어나더니 잠깐 사랑채로 가서 책을 구경하자고 할머니를 졸랐다. 덕주는 윤보의 방정맞은 행동에 눈살을 찌푸렸지만, 귀한 책을 보자는 말에는 마음이 동했다. 할머니는 못 이긴 척 일어섰고, 덕주도 냉큼 따라나섰다.

할머니는 사랑방 문을 열고는 윤보와 덕주에게 들어오라고 했다. 덕주는 조심스레 사랑방으로 들어갔다. 널찍하고 단정한 방 한가운데 놓인 책상이 눈길을 끌었다. 책상 위 필통에는 여러 자루의 붓과 바느질할 때 쓰는 가위와 자가 섞여 있었다. 할머니는 덕주의 시선이 닿은 곳을 보고 쑥스러운 듯 웃었다.

"아무래도 나도 여기서 보내는 시간이 길다 보니 물건도 섞이더구나. 우리는 서로의 공부를 많이 도와주거든. 바깥양반은 내게 필요한 책을 찾아 주고, 나는 그가 연구하는 천문학이며 역산법을 논의하지. 윤보가 말한 책은 다 여기에 있다."

할머니는 사랑방에 딸린 건넌방의 문을 열었다. 덕주는 그 방을 보자마자 입을 딱 벌렸다. 방은 층층이 책을 가득 쌓아 둔 사방탁자와 온갖 모양의 책궤로 가득했다.

"저 궤짝은 문이 닫히지도 않네요."

덕주는 차마 방에 들어가지 못하고 문지방 밖에서 보기만 했다. 책으로 가득한 방이 있다는 이야기를 듣긴 했지만, 이런 풍경일 줄은 몰랐다. 윤보가 다 자기 것인 양 우쭐거렸다.

"한양에 계실 때는 책이 더 많았대. 대대로 모은 귀한 책을 두는 별당을 따로 지을 정도였다니까. 상상이 가니? 정말 대단했겠지."

"지금도 말도 못 하게 어마어마한데."

덕주는 마른침을 삼켰다. 값진 음식을 가득 차린 잔칫상을 구경하는 기분이다. 할머니가 책을 한 권 집어 덕주에게 건넸다.

"여기 있는 서책은 대부분 백성의 생활에 도움이 되는 내용을 연구한 거란다. 이건 내 시아버지께서 농사에 관한 지식을 모아 쓰신 책이고."

덕주는 두근거리는 마음으로 책을 펼쳤지만, 이내 실망했다. 책은 표지부터 끝까지 모두 한문으로만 쓰여 있어 도무지 읽을 수 없었다. 덕주의 표정을 본 윤보가 킬킬거렸다.

"그 책을 자기도 볼 수 있을 줄 알았나 본데, 어림도 없지. 그야말로 진짜 글자, 그러니까 진서로 쓴 책이야. 아무나 읽을 수 있는 게 아니라고. 평생 공부하는 선비들이나 읽을 수 있을걸."

덕주는 얼굴이 확 달아올랐다. 아버지와 오라버니가 공부하는 모습을 오랫동안 지켜본 덕주도 한문이 얼마나 어려운지는 잘 안다. 글자를 외우는 데만 몇 년이 걸리고, 한자로 쓴 글을 읽고 뜻을 깨치기도 몇 년이 걸리는데, 그러고 나서도 한문으로 자기 생각을 잘 쓸 수 있을지 없을지는 모른다고 했다.

"아니, 나는 백성들을 위한 책이라고 하니까……."

덕주는 변명하듯 중얼거렸다. 백성들이 먹고사는 데 도움이 되는 책이라고 하니, 그런 책은 당연히 읽기 쉬운 언문으로 쓰였으리라 여겼던 거다. 덕주는 책으로 가득 찬 방을 돌아보다가 기운 없이 물었다.

"그러면 이 책들은 다 진서로 쓴 건가요?"

"그렇지."

"할머니도 진서로 글을 쓰시고요?"

할머니는 고개를 끄덕거렸다. 덕주는 아쉬움을 감추지 못하고 그만 한숨을 쉬었다. 멋모르고 기대했다가 제풀에 실망하는 자기가 바보처럼 느껴졌다. 윤보가 말을 늘어놓았다.

"당연하지 않니? 스승님께서는 학문이 깊으셔서 이런 진서로 된 책도 잘 읽으시고 긴 글도 능히 써 내시거든. 여느 선비들보다 나은 재주가 있으시니 당연히 진서로 쓰셔야지."

"네 녀석은 마치 내가 뽐내려고 글을 쓰는 것처럼 말하는구나."

할머니가 타박했지만, 윤보는 헤실헤실 웃기만 했다. 덕주는 씁쓸하게 방을 둘러봤다. 읽을 수 없는 책으로 가득한 방이라니. 당연한 풍경인데도 그저 서운했다. 덕주는 하소연하듯 물었다.

"백성의 삶을 이롭게 하는 책이라면서 왜 어려운 글자로 쓰나요? 이렇게 써 놓으면 정작 백성들은 읽을 수가 없잖아요."

"글쎄다. 누구든 책을 읽고 싶다면 공부해야 하지 않겠니."

할머니는 무심하게 대답하고는 건넌방의 문을 닫았다. 덕주는 입을 꾹 다문 채 마당으로 나왔다. 가슴이 답답하다 못해 속이 뒤엿거리기 시작했다. 뒤이어 할머니가 사랑채에서 나오자, 덕주의 마음이 눈치도 없이 툭 튀어나왔다.

"저도 늘 배우고 싶었는데요. 그 진짜 글자라는 걸."

할머니와 윤보는 의아하게 덕주를 돌아봤다. 덕주는 얼굴이 확 달아올랐지만, 한번 트인 입은 멈추지 않았다.

"오라버니가 글공부할 때 저도 어떻게든 배워 보려고 수선을 떨었는데, 그래도 책을 읽을 수는 없었어요. 글자를 배우는 건 너무 오래 걸리고……."

덕주는 오라버니가 공부할 때마다 사랑방 근처를 어정거리곤 했다. 바느질거리를 들고 방문 근처에 앉아서 오라버니의 책 읽는 소리를 듣고 외우려고 했다. 아버지와 오라버니가 문답을 주고받을 때, 방문 밖의 덕주가 오라버니보다 먼저 답을 중얼거릴 때도 많았다. 빈 사랑방을 청소하면서 몰래 책을 펼쳐 보기도 했지만, 입으로는 술술 외는 책도 읽을 수 없는 건 마찬가지였다. 아무리 탐내고 안달해도, 한자는 덕주가 배울 수 있는 무엇이 아니었다.

"스승님, 재 눈 좀 보세요."

윤보의 말에 덕주는 흠칫 놀라 고개를 떨궜다. 왜 갑자기 마음이 미어지는지 이유를 몰랐다. 얼마 전부터 마음이 종잡을 수 없이 일렁이더니 엉뚱한 자리에서 속엣말이 불쑥 튀어나오기까지 했다. 덕주는 발끝을 내려다보며 웅얼거렸다.

"죄송해요."

할머니는 덕주를 물끄러미 바라보다가 몸을 돌렸다. 덕주는 치맛자락을 꽉 움켜쥐었다. 가슴에 돌덩이가 얹힌 듯 답답했다. 어두운 새벽에 문득 눈을 떠 허겁지겁 언덕으로 달려가게 만드는 그 기분이다. 하늘은 높고 땅은 넓은데, 발이 묶여 있다.

"그런데요."

덕주는 입을 열었다. 바다에서 강으로 물이 밀려들 듯 말이 마구 차올라서, 쏟아내지 않을 수가 없다. 고요하던 강도 밀물이 들 때는 더없이 소란한 것처럼, 할 말이 차오를 때 좀 방정맞고 시끄러워지는 건 하는 수 없다.

"먹고사는 데 도움이 되는 책이라면서, 먹고사느라 바쁜 사람들은 읽을 수 없는 글자로 쓴 게 이상하지 않나요? 그 진짜 글자라는 걸 아무나 배울 수 있는 것도 아니잖아요. 말씀하신 대로 글자 공부부터 하려면 밥벌이도 하지 못할 테고, 그러면 글을 배우기도 전에 꼴딱 굶어 죽어 버리고 말 텐데, 잘 먹고

잘사는 법을 연구하는 게 대체 뭔 소용이래요."

"그러면 어떻게 하면 좋겠느냐."

할머니가 나직하게 물었다. 버릇없이 말을 쏟아내는 덕주를 보고도 딱히 놀라지도 않은 얼굴인데, 눈빛만은 형형하게 빛났다. 덕주는 내처 말을 뱉어 버렸다.

"언문, 언문으로 써야지요. 그래야 누구나 쉽게 읽고 금방 배우고, 실제로도 해 보고 그러지요."

"말도 안 되는 소리. 공부하고 책 쓰는 게 무슨 문안 편지 쓰는 거랑 같은 줄 알아?"

윤보가 냅다 끼어들어 받아쳤다. 덕주는 괘씸한 도령을 째려봤다. 아직도 말을 쏟아 낸 열기가 가시질 않았다. 뭔가를 곰곰이 생각하던 할머니가 입을 열었다.

"한문을 진짜 글자, 진서라고 부르는 건 대대로 물려줄 만한 귀한 지식을 담는 글자이기 때문이다. 언문은 가벼운 편지나 재미난 소설 따위에 쓰일 뿐 아무도 귀하게 여기지 않아. 만약에 내가 언문으로 글을 쓴다면, 다들 여인이니 으레 언문으로 썼다고 생각할 것이고, 학문의 체계와 논리를 갖춘다고 한들 그 글 또한 가벼이 여길 것이다. 네 말은 알겠으나, 나는 오래 남을 책을 쓰고 싶구나."

할머니는 대단한 학자로부터 질문을 받은 것처럼 조곤조곤 대답했다. 덕주는 답을 곱씹기도 전에 할머니의 진중한 태도에 놀라서 고개부터 주억거렸다. 할머니는 몸을 돌려 안채로 향했고, 윤보도 배가 고프다고 칭얼거리며 따라갔다. 덕주는 뜨거운 한숨을 내뱉고는 터덜터덜 걸음을 옮겼다.

덕주는 점심 준비를 마무리하는 동안 입을 꾹 다문 채 손만 움직였다. 준치를 삶은 국물에다 동그랗게 빚은 굴림만두를 넣어 한소끔 끓이고 간을 맞추자 먹음직스러운 탕이 됐다. 각자 하나씩 받은 대접에는 황금색 국물에 동그란 만두가 소담하게 담겼다.

덕주는 귀한 음식을 한참 내려다봤다. 한바탕 마음을 쏟아낸 터라 아무것도 먹고 싶지 않았지만, 한 숟갈을 먹자마자 입맛이 훅 돌아왔다. 국물은 진하고, 만두는 부드러웠다. 숟가락질 몇 번에 그릇은 금세 바닥이 났다. 상을 치운 후에도 덕주는 연신 입맛을 다셨다. 언젠가 집에서도 해 보고 싶다는 생각이 들어서 자투리 종이와 붓을 찾아 들었다.

"저 이것 좀 써도 될까요?"

할머니는 흔쾌히 그러라고 했다. 덕주는 다음부터는 자기 공책을 가져와야겠다고 마음먹고는 쪼그려 앉아 글을 썼다. 할머니가 다가와 유심히 들여다봤다.

"무엇을 쓰는 거니?"

"방금 먹은 게 너무 맛나서요. 까먹기 전에 적어 두려고요."

덕주는 겸연쩍게 웃으며 종이를 건넸다. 할머니는 종이를 보자마자 덕주를 다시 돌아봤다.

"제법 글씨를 잘 쓰는구나."

덕주는 생긋 웃었다. 할머니는 덕주가 쓴 글을 찬찬히 읽었다. 준치를 다듬는 것부터 굴림만두를 빚어 탕을 끓이는 방법까지 정리한 글이다. 할머니는 고개를 주억거리면서 덕주의 짧은 글을 거듭 읽었다.

"이리 적어 두니 눈에 쏙쏙 들어오는구나. 글씨도 가지런하고 문장도 일목요연하게 잘 썼다."

할머니의 칭찬에 덕주는 배시시 웃었다. 옆에서 들여다보던 윤보가 언문으로 글을 쓰는 건 아무나 하는 거 아니냐고 투덜거렸다. 할머니가 윤보를 타일렀다.

"글자가 익히기 쉬운 것과 자기 생각을 잘 써내는 건 다르지. 아무리 언문이라도 중구난방 쓰인 글은 읽기가 어렵지 않겠니. 언문도 글이고, 글은 생각을 담는 그릇이니 말이다."

그 순간 할머니와 덕주의 눈이 마주쳤다. 할머니는 덕주가 할 말을 짐작한 듯 피식 웃었고, 덕주는 때를 놓치지 않았다.

"그러니까요. 지금 쓰시는 책도 언문으로 쓸 수 있지 않을까요?"

덕주는 새로 떠오른 생각에 몸을 바르르 떨었다. 할머니가 방금 한 말이 머릿속을 빙글빙글 돌았다. 언문도 글이고, 생각을 담는 그릇이다. 게다가 덕주의 입말을 고스란히 담을 수 있는 유용한 그릇이다. 귀한 지식이라고 언문으로 쓰지 못할 이유가 없다. 윤보는 느물거리며 시비를 걸었다.

"어쭈, 네가 읽고 싶어서 그러는 거지?"

속내를 들킨 덕주는 그만 얼굴을 붉혔다. 사랑방의 수많은 책을 본 순간부터 누군가 저 책들을 언문으로 풀어 주면 좋겠다는 소원이 생긴 터였다. 소학을 언문으로 풀어 쓴 소학언해가 있는 것처럼 말이다. 그러면 덕주도 쉬이 읽을 수 있을 텐데. 윤보는 끈질기게 어깃장을 놨다.

"말도 안 되는 소리야. 아까 스승님 말씀 못 들었냐? 언문으로 쓴 책을 누가 귀하게 본다고."

"늘상 한가롭게 사는 도령은 평생 모르겠지만, 일하느라 공부할 시간이 없는 사람들은 누구나 귀하게 여길 거야. 아무렴, 귀하고말고."

덕주는 딱 잘라 대꾸하고는 할머니를 돌아봤다. 할머니는 덕주가 남의 나라 말을 하기라도 한 듯 깜짝 놀란 얼굴이 됐다. 덕주는 멋쩍게 웅얼거렸다.

"물론 그런 이들을 위한 책을 생각해 본 적은 없으시겠지요."

덕주는 새삼스레 할머니와 자기의 거리가 얼마나 먼지 깨달았다. 할머니는 평생 글을 읽고 쓰는 선비들을 보며 살아왔을 테고, 덕주는 매일매일 일해서 먹고살기 바쁜 사람들 속에 있다.

"그렇지만요."

덕주는 떨리는 목소리를 가다듬으며 주먹을 쥐었다. 기왕 이리 만났으니, 한 번쯤 말은 해 볼 수 있지 않을까.

"아까 오래 남는 책을 쓰고 싶다고 하셨지요. 더 쉬운 글자로 쓰면 더 많은 사람이 볼 텐데요. 더 많은 사람이 읽고 아끼는 책이 더 오래 남지 않을까요?"

"호오. 그렇게 생각할 수도 있겠구나."

할머니는 덕주의 논리가 마음에 든 듯 고개를 주억거렸다. 윤보가 할머니 옆에 붙어 서서 속닥거렸다.

"스승님, 저 욕심쟁이한테 홀랑 넘어가시면 안 됩니다."

덕주는 윤보에게 소리를 지르는 대신 눈만 부라렸다. 할머니가 공중에 손을 휘휘 내저었다.

"다들 나더러 욕심쟁이라고 하기에 세상에 나만 별난 줄 알았더니, 여기 또 있구나. 일단 네 말은 그럴듯하다. 내가 한번 생각해 보마."

할머니의 대답에 덕주는 소스라치게 놀랐다. 덕주가 입술만 빼끔거리는 동안 윤보가 야단을 피웠다.

"무슨 말씀이세요. 그건 무척이나 힘든 일이 될 텐데요. 책을 그저 옮겨 적기만 해도 어려울 텐데, 그걸 다시 언문으로 풀어 쓴다니요. 일이 두 배는 고될 겁니다."

"내, 내가 도와드릴 수 있거든."

"웃기는 소리. 네까짓 게 어떻게 스승님을 돕냐?"

덕주와 윤보는 쉴 새 없이 아웅다웅했다. 덕주는 할머니의 마음이 바뀌려나 걱정스러워서 한마디도 지지 않고 대거리했다. 할머니가 문득 소리 내어 웃었다.

"덕주야, 내가 왜 너를 부르기로 마음먹었는지 아느냐?"

할머니의 느닷없는 물음에 덕주는 고개를 저었다. 아버지의 부탁을 거절하던 할머니는 덕주의 얼굴을 보고는 생각을 바꿨다. 할머니는 덕주의 눈을 지긋이 들여다봤다.

"네 눈에는 불이 담겨 있거든. 새벽 언덕에서 마주칠 때부터 알아봤지."

"제 눈에 불이 있다고요?"

덕주는 어리둥절해져서는 되물었다. 덕주는 늘 착하고 순한 아이라는 말만 듣는데, 불이라니 가당치도 않다. 그저 말 잘 듣는 고분고분한 아이, 그게 덕주인데. 할머니는 덕주의 어깨 너머로 시선을 옮겼다. 할머니의 목소리가 먼 하늘로 흩어졌다.

"그건 나도 잘 아는 불이란다."

7. 천락수 실험

덕주는 매일 은행나무 집을 오가며 할머니를 도왔다. 할머니는 언문으로 책을 쓰기로 했다.

"그날 네 이야기를 듣고 나니, 이 책을 보여 주고 싶은 얼굴들이 하나하나 떠오르더구나. 딸과 며느리는 물론이요, 어릴 적 함께 놀던 동무들과 담 너머로 알고 지내던 부인들까지. 이제까지 나는 남다른 부인이 되고자 했을 뿐 그네들과 글을 나눌 생각은 한 번도 해 본 적 없는데 참 신기한 일이지. 네 말대로 뭇사람들이 이 책을 보게 될지는 모르겠지만 말이다."

"저처럼 반기는 이들이 무지 많을 거예요. 언문으로 귀한 지식을 담은 책을 쓰는 건, 둑을 터서 고인 물을 흐르게 하는 것과 마찬가지니까요. 아주 대단한 일이죠."

한껏 들뜬 덕주가 종알거리자 할머니는 손을 세차게 내저었다.

"아이고. 누가 들으면 난이라도 일으키는 줄 알겠구나. 나는 그저 그동안 공부한 책에서 유용한 내용을 찾아 정리하는 것뿐이야."

할머니는 짐짓 엄하게 꾸짖었지만, 이내 부드러운 미소를 지었다. 그간 진서로 써 오던 글을 뒤로 하고 아예 처음부터 다시 시작하는 셈인데도, 할머니는 오히려 가뿐해 보였다.

"기왕 언문으로 쓰기로 했으니, 그간 공부한 내용에다가 내가 아는 살림법을 보태서 새로운 책을 써 보자꾸나. 이 책은 건강을 지키고 집안을 다스리는 법, 그러니까 살림에 관한 모든 지식을 담은 총서가 될 거다."

할머니는 책의 목차도 다시 세웠다. 음식과 술을 만드는 법도, 옷을 짓는 법칙, 농사짓는 즐거움, 몸을 건강히 하는 비결, 길흉을 다스리는 비법이라는 제목으로 다섯 편의 글을 써서 하나의 책으로 묶을 것이라고 했다.

"살림에 관한 책이라면요. 누구나 쉽게 이해하고, 실제로 따라 해 볼 수 있으면 좋겠어요."

"그래. 그러려면 하나하나 자세하고 분명하게 써야겠지."

할머니는 사랑채에서 가져온 책에서 눈을 떼지 않은 채 고개를 끄덕였다. 사랑채의 할아버지는 할머니가 쓰는 글에 도움이 될 책을 찾아 주곤 했다. 할머니가 찾아볼 책은 점점 늘어갔다.

"그러고 보니 언문은 무엇이든 훨씬 자세하고 생생하게 쓸 수 있어서 좋구나. 음식 재료 이름도 굳이 한자로 지어내지 않고 부르는 대로 쓸 수 있으니 말이다."

"그렇습니까? 저도 언문 글씨 연습이나 할 것을, 참으로 후회막급입니다."

윤보가 땅이 꺼질 듯 깊은 한숨을 쉬며 끼어들었다. 마루 끄트머리에 걸터앉은 윤보는 붓을 든 덕주를 흘끔거렸다.

"진짜 재한테 글씨를 맡기시려고요?"

"그래. 아주 명필이더구나."

덕주는 풀죽은 윤보에게 혀를 날름 내밀고는 붓글씨에 집중했다. 할머니가 불러 주거나 자투리 종이에 휘갈겨 적은 내용을 빈 서책에 깔끔하게 옮겨 적는 게 덕주의 일이다. 굵은 붓으로 내용을 적고, 따로 덧붙이는 내용이나 인용한 책의 제목은 가는 붓으로 따로 적었다. 빈 책을 한 장 한 장 채워 갈 때마다 덕주의 가슴도 뿌듯하게 차올랐다. 처음 보는 요리법을 접하는 것도 흥미로웠다.

무엇보다 덕주는 낯선 생각이 자기에게 스며드는 느낌이 좋았다. 여인의 도리를 가르치는 여훈서를 베낄 때와는 또 달랐다. 할머니는 일의 앞뒤를 따지고, 어떤 방법이 더 수월한지 살피고, 혹시 잘못된 점은 없는지 꼼꼼하게 되짚었다. 그런 할머니가 고민 끝에 쓴 글을 옮겨 적다 보니 생각하는 법부터 다시 배우는 기분이었다. 어떻게 쓰면 글이 더 간결하고 분명해질지 고민하는 것도 신선했다. 덕주는 말끝을 흐리는 버릇부터 고쳐야겠다고 마음먹었다.

덕주가 글을 옮겨 적는 동안, 윤보와 할머니는 술을 빚는 데 쓰려고 널어놓은 꽃을 뒤섞었다. 잘 마른 꽃을 골라내던 윤보는 엉뚱한 소리를 늘어놓았다.

"스승님, 그거 아십니까? 선비 중에도 직접 밥 짓고 반찬을 만드는 이도 많다고 하더이다. 연암이라는 분은 손수 고추장도 담그고 소고기로 장조림도 만들어 아들에게 보내신다고 하던데요."

"그분은 워낙 못 하는 일이 없는지라."

할머니는 씩 웃으며 말을 받았다. 덕주는 연암이라는 이름을 처음 들었지만, 아주 유명한 선비인 모양이다. 그런 선비가 직접 부엌일을 한다니. 덕주는 부엌에 선 아버지를 그려 보고는 고개를 저었다. 윤보가 무릎을 쳤다.

"그러고 보니 스승님의 시동생께서도 직접 음식을 하시지 않습니까? 아주 솜씨가 좋으시다고 들었습니다. 저도 스승님께 배우면 그분처럼 할 수 있지 않을까요?"

"그러니까, 지금 네 말은 여기에 계속 오겠다는 소리야?"

덕주는 어처구니가 없어 목소리를 높였다. 할머니도 덕주를 거들어 윤보를 나무랐다.

"그래. 자네가 안채를 드나드는 걸 집에서 아시면 난리가 날 거야. 게다가 남녀칠세부동석인데, 자꾸 찾아오면 덕주가 곤란하지 않니."

"그럼요. 아주 곤란하기 짝이 없습니다."

덕주는 기세등등하게 대답했다. 당연한 일을 가지고 입씨름을 벌이다니, 별일이 다 있다 싶어 코웃음도 쳤다. 윤보는 못내 서운한 듯 입을 빼죽거렸다.

"그러면 저는 사랑채에 있을게요. 대신 심부름하러 드나드는 건 괜찮겠지요?"

능청맞게 웃는 윤보를 보고 할머니는 이마만 짚었다. 덕주는 헤살거리는 윤보를 의아하게 쳐다봤다. 남부러운 거 없을 도령이 왜 안채에서 일하지 못해 안달인지 이해가 안 갔다. 윤보는 덕주와 눈이 마주치자 험상궂은 표정을 지었다. 덕주는 진저리를 치며 다시 글쓰기에 집중했다. 저 밉살스러운 도령이 왜 저러는지 알게 뭐람.

며칠 후 비가 내렸다. 아침부터 하늘빛이 침침하고 강물도 어둑하더니 갑자기 불어온 세찬 바람이 비를 몰고 왔다. 덕주가 은행나무 집으로 갈 채비를 하는데 사랑방에서 책을 읽던 아버지가 불러 세웠다.

"요새 그 댁에서는 잘 배우고 있느냐?"

덕주는 엉거주춤 굳어 버렸다. 괜히 가슴이 콩닥콩닥 뛰었다. 그 집에서 책 쓰는 걸 거들게 된 것이나 웬 도령이 자꾸만 끼어드는 것 모두 덕주 잘못은 아니지만, 어쩐지 아버지나 어머니가 알면 안 될 것 같아서 숨기는 중이다.

아버지는 머뭇거리는 덕주를 의아하게 바라봤다. 어머니도 듣고 있는지 찰칵찰칵 베틀 소리가 느려졌다. 덕주는 입술을 달싹이다 간신히 답을 끌어냈다.

"저는 아무래도 살림에는 영 재주가 없나 봐요."

덕주의 대답에 아버지는 허허 웃었다. 둘러대느라 한 말이긴 하지만, 그 역시 덕주의 고민이긴 했다. 직접 해 보니 음식이든 염색이든 맵시 있게 하는 건 생각보다 더 어려웠고 덕주의 손은 무뎠다. 한번은 쪽으로 무명천을 푸르게 물들여 보았는데, 덕주가 헹궈 낸 천은 빛깔이 영 산뜻하지 못했다. 옆에서 윤보는 쉽게 해내고는 선명하게 물든 푸른 천을 보란 듯이 뽐내서 더 속이 상했다.

"솜씨야 하다 보면 늘겠지. 그래서 많이 혼났느냐?"

"아뇨. 할머니는 혼내지 않으셔요."

할머니는 덕주가 못하는 모습을 굉장히 흥미로워했다. 어떻게 망치는지를 알아야 그러지 않을 방법도 찾을 수 있을 거라면서, 덕주가 어떻게 실수한 건지 꼼꼼히 살폈다. 그저 그럴 때마다 이죽이죽 웃으며 놀리는 윤보가 아니꼬울 뿐이다. 아버지는 근엄하게 말했다.

"마음대로 되지 않는 일을 참고 견디는 것도 부인의 덕이니라."

덕주는 숨죽여 대답하고는 얼른 집을 나섰다. 마침 비가 잦아들어서 언덕길을 올라가기 수월했다. 아버지의 질문에 솔직하게 답해야 했나 하는 생각이 뒤따라왔다.

"그러다 안 된다고 하면 어쩌려고?"

덕주는 혼잣말하고는 고개를 내저었다. 할머니의 집에서 뭔가를 쓰고 배우는 건 어느새 덕주에게 무척 중요한 일이 됐다. 지봉유설이니, 산림경제니 하는 낯선 책 이름도 귀에 익숙해지고, 그런 책에 어떤 내용이 담겨 있는지도 감이 잡혔다. 섣불리 말을 꺼냈다가 만에 하나 못 하게 되는 일은 상상도 하고 싶지 않았다.

할머니 집에 닿을 즈음 다시 소나기가 쏟아졌다. 덕주는 할머니의 집으로 뛰어 들어갔다. 할머니는 부엌을 드나들며 일하느라 무척이나 분주했고, 윤보는 대청마루에 걸터앉아 멍하니 비를 보고 있었다.

"마당에 저건 뭐예요?"

덕주는 마당 한가운데에 놓인 큰 그릇을 가리키며 물었다. 그릇에는 쏟아지는 빗물이 찰랑찰랑 담겼다. 할머니의 얼굴이 호기심으로 반짝였다.

"뜰 한가운데 그릇을 놓아 받은 빗물을 천락수라고 하는데, 그제 읽은 책에 천락수로 밥을 지으면 붉은 쌀이 희게 되고 흰 쌀이 붉어진다고 하지 뭐냐. 그래서 시험해 보려고 한다."

"아이고, 설마요. 동에서 내리나 서에서 내리나 빗물이 다 똑같은 빗물인데, 마당 한가운데서 받는다고 다를까요?"

"그래도 책에 나온 내용이니 맞을지도 모르지."

윤보가 낼름 대꾸했다. 덕주는 어처구니가 없어서 웃는데, 할머니마저 진지하게 고개를 끄덕였다.

"그래. 직접 보기 전에는 모르지. 그래서 지금 해 보려는 거란다."

잠시 후 덕주는 빗물이 담긴 그릇을 부엌에 가져다줬다. 할머니는 빗물로 찹쌀밥을 안치고는 대추와 밤을 깨끗이 씻었다. 아는 집의 회갑 잔치에 선물로 보낼 약밥을 만들 거라고 했다. 달콤한 약밥을 생각하자 군침이 절로 돌았다.

약밥에 들어갈 대추와 밤을 쪼개서 준비하는 사이 천락수로 지은 밥이 다 되었다. 덕주는 솥뚜껑을 열어 보고는 다급하게 목소리를 높였다.

“이게 무슨 일이야. 다들 어서 와 보세요!”

“진짜 쌀이 붉어졌어?”

윤보는 허둥지둥 달려와 솥 안을 들여다보았다. 밥은 변함없이 그저 희기만 했다. 윤보는 허탈한 표정을 지었고, 덕주는 키득키득 웃었다. 한발 늦게 온 할머니도 함께 웃고는 김이 펄펄 오르는 밥을 펐다.

“책에다 천락수를 시험해 본즉 그대로 안 되더라고 써야겠구나. 그래야 보는 사람들도 분명히 알겠지.”

할머니는 밥에 대추와 밤을 섞고 꿀과 간장, 참기름을 쳐서 골고루 섞었다.

“이제 이걸 시루에 안치면 된단다. 찹쌀가루를 덮어서 찌면 위아래 없이 색이 잘 나지.”

어느새 비가 그치고 파란 하늘이 드러났다. 할머니는 덕주와 윤보에게 자투리 약밥을 둥글게 뭉쳐 건네줬다. 달콤하고 고소한 약밥은 아주 맛났다. 덕주는 쌀이 붉어졌는지 보러 허둥지둥 달려오던 윤보를 흉내 내며 키득거렸다. 윤보가 덕주를 흘겨보고 투덜거렸다.

"그 책은 왜 틀린 걸 적어 뒀을까요."

"생각보다 그런 책이 꽤 많더구나. 어떤 책에는 선학은 새끼를 낳는다고 되어 있는데, 내가 학을 키우는 집에 가서 보니 학도 다른 새들처럼 알을 낳던걸. 또 어떤 책에는 약주를 마실 때 쓰는 유황배라는 잔에 대한 설명이 있는데, 그것도 직접 만들어 보니 그대로 되지 않더라."

"책에 쓰기 전에 직접 다 확인하시려고요?"

"그래. 최대한 그럴 생각이다. 그래야 내용에 틀린 게 없을 것이고, 책을 보는 이들도 믿을 만하지 않겠느냐. 내가 처음으로 해 본 건 '신증'이라 적고, 다른 책에 나온 잘못된 내용도 분명히 밝힐 생각이다."

"연구란 그렇게 하는 건가 봐요."

덕주는 오랜 궁금증이 풀리는 기분에 고개를 끄덕였다. 그리고 잠시 생각을 가다듬은 뒤 종이에 약밥 만드는 법을 썼다. 요즘 덕주는 그저 옮겨 적는 것뿐 아니라 할머니가 하는 일을 지켜보다가 스스로 정리하기도 했는데, 갈수록 문장을 명료하게 잘 쓴다는 칭찬을 받았다.

"부인, 손님이 오셨습니다. 대문 앞에 서 계시기에 내가 모시고 왔소."

사랑채에서 할아버지 목소리가 들리더니 사잇문으로 덕주의 어머니가 들어왔다. 어머니는 마루에 앉아 글을 쓰는 덕주와 부엌께에 서 있는 윤보를 보고는 눈을 휘둥그레 떴다. 덕주는 붓을 든 채로 굳어 버렸다. 할머니가 누구시냐고 묻자, 어머니는 손에 든 살구를 내려다보며 말을 더듬었다.

"제 아이가 손이 여물지 못해서, 이 댁에 폐를 끼치고 있을까 봐 이거라도 드리려고 온 건데……."

어머니는 말을 잇지 못한 채 윤보를 멍하니 바라봤다. 윤보가 갑자기 몸부림치듯 수선을 떨더니 안마당을 가로질러 사잇문을 나갔다.

"저는 사랑채에서 심, 심부름을 온 것인데, 너무 오래 머물렀네요."

"일단 안으로 드셔서 이야기 나누시지요."

할머니가 말했지만, 어머니는 손을 내저었다. 어머니의 눈은 덕주에게 꽂혀 있었다.

"딸아이랑 먼저 이야기해도 될까요."

덕주는 어머니를 따라 은행나무 집에서 나왔다. 언덕길을 내려가는 동안 어머니는 덕주를 돌아보지도 않고 물었다.

"너는 저 집에서 대체 뭘 하는 거냐?"

"책 쓰시는 걸 도와드리고 있어요. 할머니께서 살림에 관한 책을 쓰시거든요."

"살림을 책으로 쓴다고? 게다가 네가 글 쓰는 일을 돕는다는 거야?"

어머니는 숨죽여 소리를 지르며 덕주를 바라봤다. 덕주는 그저 고개만 주억거렸다. 어머니는 헛웃음 치며 얼굴을 쓸어내렸다.

"이게 무슨 일이라니. 나는 선돌댁 말대로 대갓집 살림을 배우다가 헛바람이 들려나 걱정하긴 했어도, 이런 꼴은 상상도 못 했다. 게다가 그 도령은 뭐냐. 안채에 그 도령까지 같이 있는 거야?"

"걔는 사랑채에 온 손님인데 자꾸 안채를 어정거리는 거뿐이에요. 늘 할머니가 계시니 걱정하실 건 없어요."

어머니는 덕주를 뚫어져라 보다가 몸을 돌려 집으로 향했다. 어찌 할 바를 모르고 졸졸 따라오는 덕주는 돌아보지도 않았다. 어머니는 집에서 빨랫감과 방망이를 챙겨 나와 강가 빨래터로 갔다. 얕은 물이 넘실거리는 넓적한 바위에 자리를 잡고 빨랫감을 방망이로 팡팡 두들겨 댔다.

덕주는 머릿속으로 온갖 변명을 떠올렸다. 어쩌다 보니 이렇게 됐는데 미처 말씀을 못 드렸다거나, 할머니의 말씀대로 딱히 여자의 도리를 어기는 일은 아니라고 생각했다거나, 혹은 도저히 그만둘 수 없다고 딱 잘라 말하거나. 어쨌든 어머니가 뭔가 따져 물어야 변명이라도 할 텐데.

강 한가운데를 지나가는 배가 일으킨 물결이 빨래터까지 밀려왔다. 어머니는 잠시 손을 멈추고 강물을 바라봤다. 물소리에 섞여 한 굽이 떨어진 나루터에서 떠드는 소리가 크게 들려왔다. 덕주는 주저하다가 말을 걸었다.

"무슨 생각을 하세요?"

"처음으로 어미 노릇을 하며 너를 다잡아야 하나 어쩌나 생각하는 중이다."

덕주는 흠칫 놀라 입을 다물었다. 어머니의 목소리가 어느 때보다 냉랭했다. 어머니는 엄한 표정으로 덕주를 노려봤다.

"그간 너도 적잖이 마음에 걸렸을 텐데, 그런 일이 있으면 일찍 이야기했어야지. 왜 숨긴 거냐. 다 큰 여자아이가 사내아이와 함께 있는 게 말이나 되니? 책을 쓰는 일이 너한테 무슨 도움이 되는데?"

어머니가 쏘아붙이자, 덕주는 그만 얼어 버렸다. 내내 생각했던 말들이 하얗게 지워지고 딱 한마디만 남았다.

"그래도 저는 계속 쓰고 배우고 싶어요."

어머니는 대답이 없었다. 덕주의 마음에 다시금 물보라가

일었다. 어머니는 방망이로 빨래를 한참 두들기다가 말을 툭 던졌다.

"나는 잘 쓰라고도, 열심히 배우라고도 못 하겠다."

덕주는 기운 없이 고개를 끄덕였다. 내심 아버지는 몰라도 어머니는 잘해 보라고 말해 주지 않을까 기대했는데 속이 상했다. 어머니는 생각에 빠진 채 건성으로 방망이질했다. 느려진 방망이 소리 사이로 어머니의 혼잣말이 들렸다.

"근데 이렇게 말할 수는 있겠지. 어차피 너희 아버지가 벌인 일이니, 나는 모르겠다. 네 마음대로 해라."

"예?"

어머니는 피식 웃고는 빨랫감을 강물에 흔들어 헹궜다. 찰박찰박 물소리가 웃음소리처럼 들렸다.

"네 아버지가 만날 하는 말 아니니. 어미가 돼서는 딸을 가르치는 데 관심이 없다고 하잖아. 기왕 이리된 거, 쭉 그리 해볼까 싶어서 말이다."

덕주는 머리를 긁적였다. 어머니의 말을 반겨야 하는지, 아쉬워해야 하는지 헷갈렸다. 어머니의 방망이질 소리가 힘차게 빨라지더니 뚝 끊겼다.

"예전에 우리 어머니는, 그러니까 너희 외할머니는 말이다."

덕주는 한 번도 뵌 적 없는 외할머니 이야기에 귀를 쫑긋 세웠다. 어머니는 어릴 적 이야기는 좀처럼 하지 않았다. 너무 배고프고 힘들었던 기억뿐이라 말하고 싶지 않다고 했다.

"온갖 걸 다 애처로워하는 사람이었어. 꽃도 가엾고, 나비도 애달프고. 그중에서도 나를 가장 안쓰러워했지. 나만 보면 그저 안됐다, 가엾다, 그랬다니까. 그때는 그런 말을 들어도 귀찮게만 여겼는데, 널 낳고 보니 자꾸 어머니가 생각나더라. 애처롭다, 가엾다, 안쓰럽다고 말하던 목소리가 자꾸만 떠오르는 거야."

어머니는 말을 멈추고 하염없이 흘러가는 강물을 한참 바라보았다. 덕주는 외할머니는 어떤 분이었을까 생각했다. 아마도 어머니처럼 인자한 눈웃음을 지닌 분이셨겠지. 어머니가 문득 물었다.

"예전에 선돌댁이 부른 노래 기억하니? 자기네 고향서 여자들끼리 화전놀이할 때 부르는 노래라고 그랬는데. 하여튼 그이는 늘 툴툴거리면서 재미난 일은 기가 막히게 안다니까."

"그 노래 기억나요."

언젠가 길쌈 자리에서 선돌댁이 노랫말을 길게 읊었는데, 주로 여인으로 사는 게 얼마나 힘든지 한탄하는 내용이었다. 그중에 한 구절이 기억에 남았다.

"열다섯, 열여섯 젊은 여자들아. 너희 부디 잘 놀거라. 아이 때 못 놀면 어른 되고 한 남는다."

덕주는 노랫말을 가락에 실어 읊었다. 어머니는 덕주를 물끄러미 바라보다가 나직하게 말했다.

"너도 지금 못 하게 하면 오랫동안 아쉬워하겠지."

"맞아요! 저는요, 평생 서러워하면서 밤마다 찔끔찔끔 울 거예요. 어머니, 대체 왜 그러셨어요, 하고 울 거예요."

덕주가 냉큼 대꾸하자 어머니는 덕주의 머리를 쥐어박는 시늉을 했다. 덕주는 어머니의 손을 피하며 능청스럽게 웃었다.

8. 사대부의 도리

다음 날 덕주가 사잇문을 들어서자, 할머니가 기다렸다는 듯이 종이 한 장을 내밀었다.

"간밤에 생각해 보니 음식을 잘 만드는 것만 중요한 게 아니더라. 그래서 급히 써 보았다. 어떤지 한번 읽어 보거라."

덕주는 할머니가 일필휘지 써 내려간 글을 봤다. 붓이 어찌나 빠르게 종이를 스치고 지나갔는지, 읽기가 더 힘들었다.

"이건 도무지 읽을 수가 없는데요?"

할머니는 덕주에게 눈을 흘기고는 안방으로 갔다. 덕주는 마루에 걸터앉아서 한 글자 한 글자 읽어 냈다. 사대부가 음식을 먹을 때 지켜야 할 마음가짐을 당부한 글이었다.

음식을 먹을 때는 이걸 만들기까지 얼마나 힘이 들었는지 헤아리고, 저것이 어디서 왔는가 생각하여 보라. 곡식을 심고 거두고 찧고 갈고 지지느라 공이 많이 든 것이요, 산 짐승을 잡고 베어내어 맛있게 하려니 한 사람이 먹는 걸 위해 열 사람이 애쓴 것이다. 집에서 맛있게 먹는 것은 조상이 다스린 덕분이요, 백성의 고혈을 먹는 것임을 생각해야 하느니라.

덕주는 허리를 꼿꼿이 세웠다. 부드럽고도 강인한 목소리가 가슴을 채우는 듯했다. 할머니가 슬그머니 다가와 물었다.

"어떤 것 같으냐?"

"무척 멋져요. 음식을 만드는 사람의 자부심이 느껴져요."

할머니의 얼굴이 환하게 밝아졌다. 덕주는 특별히 더 멋진 글씨로 적어 두겠다고 말했다. 할머니는 부엌으로 돌아가려다 새삼스레 덕주를 돌아봤다.

"어제 너희 어머니와 나갈 때는 다시 못 돌아올 수도 있겠다 싶었는데. 무슨 이야기를 했니?"

"여러 이야기를 했는데, 결국은 제 뜻대로 하라고 하셨어요."

"그래? 보기보다 대범한 여인이로구나."

할머니는 반갑게 웃었다. 덕주는 고개를 끄덕였다. 아버지는 어머니를 두고 황소 같다고 말하곤 했다. 평소에는 묵묵히 일하지만, 한번 뿔을 세우면 아무도 못 말린다고 말이다. 덕주는 누가 들을세라 목소리를 낮춰 속닥거렸다.

"아버지 말씀으로는 원래 어머니가 그런 성격이 아니셨대요. 그런데 어머니가 길쌈해서 모은 돈으로 밭을 산 이후로 바뀌었다나요. 요새는 너무 기세등등하다고 그러셔요."

"밥벌이에 능한 여인이라. 그 재주가 부럽구나. 이곳에 나와 직접 살림을 꾸리려니 무척이나 어렵던데. 돈을 빌려주고 증표를 챙기는 것만 해도 보통 일이 아니야. 그래도 새롭게 보이는 게 있더라. 저기 강을 좀 보렴. 저 배들이 왜 저리 분주하게 움직이겠니."

할머니는 마루에서 일어나 강을 내려다봤다. 덕주도 부스스 따라 일어났다. 할머니의 대청마루에서 까치발을 세우면 멀리 경강을 바쁘게 오가는 배가 보였다.

"선비들은 밥벌이를 논하는 걸 부끄러운 일로 여긴다. 그렇지만 돈이란 날개가 없되 날아다니고, 발이 없으면서도 달리는 것 아니겠니. 죽은 사람도 살리고, 산 사람도 죽게 만든다는데. 언제까지 속된 일로만 치부할 수는 없지 않겠니."

덕주는 크게 고개를 끄덕였다. 어머니가 양반 노릇만으로는 먹고살지 못한다고, 앞으로는 더 그럴 거라고 말하던 게 생각났다.

“그러고 보니 어머니도 같은 생각을 하나 봐요.”

“실은 모두가 알고 있을 거다. 살림살이를 다스리는 여인들은 더욱 잘 알고 있을 거고.”

덕주는 붓을 고쳐 쥐고 할머니가 쓴 사대부의 도리를 옮겨 적었다. 마무리 할 무렵 사잇문으로 윤보가 나타났다. 뛰다시피 들어온 윤보는 덕주를 보자 우뚝 멈춰 섰다.

“이제 나 혼자 있으려나 했더니. 좋다 말았네.”

윤보는 구시렁거리며 덕주 앞을 기웃거렸다. 덕주는 성가시게 구는 도령을 향해 손을 휘휘 내저었다.

“허튼소리 말고 이거나 읽어 봐. 할머니께서 도령이 꼭 마음에 새겨야 할 글을 쓰셨으니까.”

윤보는 뚱한 얼굴로 덕주가 건네는 공책을 받았다. 글을 다 읽은 윤보는 어리둥절하게 덕주를 건너다봤다.

“이게 왜 나한테 필요한데?”

“에그, 사대부가 음식을 먹을 때 잊지 말아야 할 도리를 말씀하시는 거 아니냐. 앞으로 도령은 숱하게 음식을 대접받게 될 테니, 이 말씀을 마음속 깊이 간직하란 말이야. 널 대접하는 그 모든 이들을 고맙게 여기고.”

윤보는 덕주에게 책을 돌려주고는 어깨를 으쓱였다.

"나는 괜찮아. 앞으로 내 살림은 내 손으로 할 거니까."

"네가 직접 살림을 하겠다고?"

덕주는 뜻밖의 말에 놀라 말을 더듬었다. 윤보는 어처구니없다는 듯 되물었다.

"그게 아니면 내가 왜 여기를 드나들었겠냐?"

"그야 공부하기 싫으니까 심심풀이로 오는 거 아닌가."

"아니야. 나도 당연히 너처럼 살림을 배우려고 오는 거지. 대체 날 뭐라고 생각한 거야?"

윤보는 얼굴을 찡그리고는 마당에 우뚝 선 할머니를 돌아봤다. 윤보는 사뭇 진지하게 말했다.

"스승님. 이참에 말씀드리면, 저는 관직에 나가지 않고 제 손으로 살림하며 살 생각입니다. 스승님처럼 삶에 도움이 되는 공부도 하고요."

"그게 무슨 해괴한 이야기인가. 자네 아버지가 들으시면 크게 노하실 텐데."

"스승님만 알고 계시고 집에는 비밀로 해 주셔요."

덕주는 여유롭게 웃는 윤보를 뚫어지게 바라봤다. 윤보가 하는 말도 놀라웠지만, 갑자기 장난기를 싹 지우고 진중하게 말하는 태도가 더 낯설었다. 윤보는 덕주를 돌아보았다.

"왜 그렇게 봐? 너한테도 허무맹랑한 소리로 들리니?"

"아니, 사내대장부라면 당연히 관직에 나가 이름을 떨치고, 집안을 빛낼 생각을 해야 하는 거 아닌가."

"대장부, 그게 뭐라고."

윤보는 코웃음을 쳤다. 덕주는 그만 멍해졌다. 윤보는 덕주의 손에 들린 책을 물끄러미 바라보다 할머니를 향해 몸을 돌렸다.

"그러니 전 스승님이 쓰시는 책이 꼭 필요합니다. 저 책을 꼭 완성해 주세요."

덕주는 자그마한 고추장 단지를 들고 집으로 돌아갔다. 할머니가 심려를 끼친 어머니께 드리는 선물이라고 했다. 어머니는 빛깔이 고운 고추장을 크게 반겼다. 그날 저녁상을 받은 아버지는 고추장이 달고 매운 것이 딱 좋아 다른 반찬이 필요 없다며 감탄을 금치 못했다.

"이런 솜씨를 가진 여인이 몇이나 되겠느냐. 이런 부인한테서 배운다니 큰 복이다. 잘 배워 두면 나중에 어느 집으로 가든 덕과 솜씨를 갖춘 부인이라는 칭송을 받을 거다. 정신 똑바로 차리고 잘 배워 두거라."

덕주는 아버지의 말에 한숨을 삼켰다. 자기가 직접 살림하며 살 거라고 말하는 윤보의 모습이 떠올랐다. 온종일 바쁜 와중에도 글을 쓰고 골똘히 생각하는 할머니의 모습도 자꾸 아른거렸다.

"그 두 사람이 별난 거잖아."

덕주는 밤새 잠을 설쳤다. 가슴이 울렁거리다 못해 부대꼈다. 덕주는 벌떡 일어나 계녀서와 소학언해를 옮겨 적은 공책을 펼쳤다. 어둠 속이라 읽을 수는 없었지만, 그 글귀들은 선연하게 떠올랐다. 덕주가 평생 해야 할 일과 행동과 생각은 이미 다 정해져 있다. 그대로만 하면서 살면 된다는데, 왜 이리 마음이 불편할까.

아직 해가 뜨지 않은 새벽, 덕주는 집을 나섰다. 온통 어둑한데 경강으로 흘러드는 샛강에서 게잡이 배 불빛이 반짝거렸다. 오래간만에 언덕을 오르려니 한 걸음 한 걸음 힘이 들었다. 땅은 온통 질척거렸고, 어둠이 무섭기도 했다. 대체 그동안 어떻게 아무렇지도 않게 다녔는지 몰랐다.

덕주는 온 사위가 푸르게 물들 때 언덕배기에 닿았다. 널찍한 언덕 꼭대기에는 할머니가 있었다. 바위에 앉아 강을 내려다보던 할머니가 덕주를 보자 쓰게 웃었다. 덕주는 어리둥절하게 다가갔다.

"그동안에도 계속 여기에 오셨던 거예요?"

"그래. 너는 오지 않길래 우리 집에서 하는 일이 네 마음을 좀 가볍게 해 주었나 생각했더니, 되려 고민을 키웠던가."

덕주는 할머니 곁에 나란히 앉았다. 둘은 묵묵히 어스름이 내려앉은 강을 바라보았다. 강은 잠이 든 것처럼 낮은 숨소리를 내며 흘렀다. 덕주는 멋쩍게 입을 열었다.

"어제 윤보가 말하는 걸 보고 마음이 복잡해져 버렸어요. 그 애는 그저 가볍기만 한 줄 알았더니, 그게 아니더라고요."

"그 애도 겉으로 보이는 것처럼 그리 속 편한 녀석은 아니야. 그래서 그 아이가 안채를 드나드는 것을 내버려 두게 되는구나. 법도에 맞지 않는 일이고, 네게도 미안한 일이지만 말이다. 그 아이 때문에 불편하지?"

"괜찮아요. 이제 익숙해요."

덕주는 윤보의 사연이 내심 궁금했지만, 더 캐묻는 건 예의가 아닌 듯했다. 덕주는 다부지게 말하던 윤보를 생각하다가 문득 속을 털어놨다. 아무에게도 한 적 없는 이야기다.

"제 오라버니가 오랫동안 과거 공부를 했거든요. 어머니가 모은 돈으로 아버지와 함께 한양에 시험을 보러 가기도 하고요. 둘 다 매번 떨어졌죠. 그러던 어느 날 갑자기 오라버니가 무과 시험을 보겠다고 하더라고요. 아버지는 안 된다고 펄펄 뛰었는데, 오라버니는 끝내 자기 뜻대로 해 버렸어요. 몇 년을 모래밭에서 몸을 단련하더니 급제도 해냈고요. 그때 오라버니가 고집 피우는 걸 볼 때도 이런 기분이었는데……."

덕주는 말을 오래 골랐다. 갑갑하고 답답한 기분을 뭐라 말해야 할지 몰랐다. 할머니가 나직하게 말을 보탰다.

"오라버니가 제 갈 길을 정하는 걸 보고 속상했나 보네."

"아뇨. 속상하지는 않았어요. 오라버니는 사내고, 저는 여자아이니까요. 다들 원래 그런 거라고 하잖아요. 다만 저는 궁금할 뿐이에요. 여인들은 정말 비슷비슷하게 사는 건가."

덕주는 바위에서 벌떡 일어나 풀숲을 걸어 다녔다. 진흙에 젖은 짚신이 질질 끌렸다. 아버지가 보시면 야단치실 거라는 생각이 스쳤지만, 지금은 아무래도 상관이 없다.

"아무래도 저 강물 때문에 그런가 봐요. 멀리까지 뻗은 강을 보면 나도 모르게 생각이 따라 흘러요. 세상은 넓고, 사람은 많고, 그중의 절반은 여인일 텐데. 정말 그 많은 여인이 이리 똑같이 사나. 정말 모두가 고분고분 시키는 대로 사나 궁금해져요."

덕주는 할머니를 획 돌아봤다. 할머니는 눈빛을 빛내며 그저 덕주를 바라보기만 했다. 덕주의 가슴이 걷잡을 수 없이 울렁거렸다.

"우리 마을만 봐도요, 집마다 무척이나 달라요. 어느 집은 여인들의 웃음소리가 담 너머까지 들리고, 어느 집은 대체 사람이 있는지 없는지도 모르게 그저 고요해요. 길쌈하느라 모인 아주머니들도 성격이며 말투며 모두 다르고요. 그런데, 널리 알려진 거라고는 저기 계신 분처럼 남이 떠받드는 부인의 이야기뿐이죠. 마치 이 세상에는 저런 부인만 있다는 듯이."

덕주는 풀밭 구석에 우두커니 서 있는 열녀각을 가리켰다. 어둠에 휩싸인 열녀각은 그저 텅 비어 보였다. 덕주는 천천히 몸을 돌려 은행나무 집을 내려다봤다.

"그래서 저는요, 할머니 댁이 무척이나 좋아요. 할머니는 제가 아는 그 누구와도 다르니까요. 갈 때마다 생각했어요. 이것 봐, 모두가 똑같지는 않잖아? 그때마다 가슴이 쿵쿵 뛰고, 발은 빨리 움직이고 그래요. 하지만 저는 할머니처럼 될 수는 없을 거예요. 할머니는 대단한 분이지만, 전 그저 평범한 여자아이일 뿐이니까요."

덕주는 기운이 쭉 빠졌다. 머릿속을 헤집던 말을 토해 내고 나자, 가슴이 텅 비어 버린 느낌이었다. 덕주는 할머니 곁에 털썩 주저앉았다. 할머니는 허공을 바라보다가 장난기 어린 미소를 지었다.

"그래. 나는 아주 비범하지. 어릴 때부터 쭉 그랬다."

할머니는 뽐내듯 턱을 치켜들고는 덕주를 내려봤다. 덕주는 그만 웃어 버렸다. 할머니는 쑥쓰러운 듯 손바닥으로 볼록한 이마를 문질렀다.

"그래서 좋기만 했던 건 아니야."

9. 빙허각이라는 이름

할머니는 덕주에게 발을 씻고 집에 가는 편이 좋겠다고 했다. 짚신뿐 아니라 버선, 치마 끝까지 진흙이 튀어 온통 지저분했다. 덕주와 할머니는 물독에서 물을 퍼다가 흙투성이가 된 버선과 치맛자락도 빨았다. 하는 김에 세수도 했다. 그러다 보니 점점 옷에 물이 많이 튀었다. 할머니는 쫄딱 젖은 덕주를 보자 혀를 끌끌 찼다.

"아무래도 옷을 말려야 되겠는데?"

덕주가 먼저 할머니의 안방에 들어갔다. 속바지 차림이 창피했지만, 할머니의 안방은 처음이라 신기했다. 한때는 내로라하는 부잣집이었다니, 화려하고 신기한 물건이 많을 줄 알았는데 방은 그저 단출했다. 여닫이문이 달린 장과 반닫이, 거울이 달린 경대가 다였다.

할머니는 주먹만 한 항아리를 들고 방에 들어왔다. 할머니는 덕주에게 항아리를 내밀며 얼굴에 바르라고 했다. 덕주가 처음 보는 물건에 무엇이냐고 물었다.

"박 줄기를 잘라 병에 꽂아서 즙을 받아 만든 것이다. 얼굴에 바르면 돼. 박하잎도 찧어 넣었으니 시원할 거다."

항아리 안에는 미끈거리고 투명한 물이 담겨 있었다. 덕주는 할머니의 경대를 들여다보며 손끝으로 그 물을 찍어 얼굴에 발랐다. 어쩐지 살갗이 부드러워지고 윤기가 도는 듯했다. 덕주는 기분이 좋아서 생긋 웃었다.

"겨울에는 달걀 세 알을 술에 담가서 김이 새지 않도록 두껍게 봉해 두었다가 얼굴에 바르면 윤이 난단다. 얼굴과 손이 터서 피가 날 때는 돼지기름에 홰나무꽃을 섞어 바르면 좋지."

할머니는 얼굴과 몸을 가꾸는 방법을 두루 알려 주었다. 덕주는 촉촉해진 볼을 톡톡 두드리며 귀 기울여 들었다. 할머니는 짙고 굵은 덕주의 눈썹을 유심히 살폈다.

"눈썹을 그리는 방법도 열 가지가 있으니, 나중에 제대로 단장해 보거라."

할머니와 덕주는 벽에 등을 기대고 바닥에 깔린 요에 나란히 앉았다. 새벽에 언덕을 헤매다 편안한 자리에 앉으니 절로 노곤해졌다.

"네가 지금 열두 살이라 했지? 내가 내 호를 지었을 때가 아마 네 나이쯤이었을 거다."

"아, 전에 윤보가 말하는 거 들었어요. 되게 특이한 이름이었는데."

덕주는 몸을 일으키고는 입술을 달싹거렸다. 할머니의 호가 생각 날 듯 말 듯했다. 할머니는 처음 만나는 사람처럼 고개를 살짝 숙였다.

"빙허각이라고 한다. 기댈 빙에 허공 허, 집 각을 쓰지."

덕주는 할머니의 호를 연거푸 중얼거렸다. 빙허각, 뜻을 풀자면 허공에 기댄다, 혹은 아무 데도 기대지 않는다는 뜻이다. 할머니가 언덕에 홀로 서서 강을 내려다보던 모습이 떠올랐다. 할머니의 호는 그 모습처럼 어찌 보면 무척이나 외롭고, 달리 생각하면 한없이 자유로운 느낌이다.

"그 이름을 지을 때 말이다. 다들 의아해했다. 고대광실 대갓집에 막내딸로 태어나서 무엇 하나 부족함 없이 자랐는데 왜 그리 외로운 호를 짓느냐고 묻더구나. 네가 듣기에도 그렇니?"

"그런 거 같기도 하고……."

덕주가 대답을 얼버무리자 할머니는 하소연하듯 툴툴거렸다.

"나는 나름대로 재치 있는 이름이라고 생각했는데 말이야. 호를 지을 때는 보통 자기가 사는 고을이나 닮고 싶은 사람의 이름을 따서 짓지 않니. 나는 거꾸로 그 무엇에도 기대지 않는 이름을 지은 거야. 물론 아무 데도 매이지 않고 싶다는 마음도 있었지. 그때 나는 무척이나 헛헛하고 갑갑했거든. 지금 너처럼."

덕주를 바라보는 할머니의 눈빛이 일렁거렸다. 덕주는 문득 할머니가 아니라 또래 여자아이와 마주 보는 듯한 기분이 들었다.

"덕주야. 내가 재미있는 이야기 해 줄까? 대신 절대로 다른 사람한테 말하면 안 된다."

덕주는 귀가 쫑긋 섰다. 할머니는 덕주에게 비밀을 지키겠다는 약속을 받고는 옛이야기처럼 소곤소곤 말했다.

"옛날에 남에게 지는 걸 무척이나 싫어하는 여자아이가 있었어. 그 아이가 꼬마일 때 말이다. 어느 날 또래 아이들을 보니 다들 젖니가 빠지고 간니가 나는데, 자기만 그대로더래. 그 아이는 혼자만 늦는 게 분하고 부끄러워서, 작은 몽치를 가져다가 스스로 젖니를 뽑아 버렸지."

"꼬맹이가 자기 손으로 생니를 뽑았다고요?"

덕주는 상상도 하지 못한 이야기에 깜짝 놀라 되물었다. 할머니는 키득키득 웃었다.

"그렇다니까. 어린 딸이 피투성이가 돼서 나타났으니, 부모님이 얼마나 놀라셨겠니. 그 꼴을 보고 아버지는 '나약하지 않고 야무지니 오래 살겠구나!' 하고 감탄하셨다가, 금방 심각해지셨지. '여자란 남을 따라야 하는 사람이다. 훗날 성미를 거스르는 일이 생기면 어찌할 것이냐?' 하고 걱정하셨지."

덕주는 볼록한 이마 아래 눈빛을 맹랑하게 빛내는 꼬마를 떠올리며 키득키득 웃었다. 그 애는 결코 상냥하지도 순종적이지도 않았을 거다. 툭하면 옳은 건 옳다, 그른 건 그르다 입바른 소리를 하고, 무언가 마음에 들지 않으면 부아가 나서 콧바람을 씽씽 불어 댔을 거다. 할머니는 쓴웃음을 지었다.

"그런데 거기서 끝이 아니야. 그 여자아이는 자라는 내내 자기가 한 일을 듣고 또 듣게 된단다. 젖니를 갈 때 이야기니, 자기는 기억도 잘 나지 않는데 어른들은 툭 하면 그 일을 꺼내 말씀하셨지. 어릴 때부터 영특하여 책도 잘 읽고 글도 잘 썼지만, 칭찬 뒤에는 꼭 여자는 남을 따를 줄 알아야 하니, 네 성미를 죽여야 한다는 말이 뒤따라왔지."

"……."

"무엇이든 잘하고 싶어 하던 그 계집아이는 그 말에 맞추기 위해 남몰래 자신을 다그치곤 했어. 그 덕분에 집안일이며 행실이며 무엇 하나 흠 잡히지 않는 부인이 되었지만, 새벽이면 문득 깨어 잠을 못 이루고 언덕을 헤매곤 한단다. 그러다 자기처럼 눈에 불을 담은 여자아이를 보게 되지."

덕주와 할머니는 동시에 긴 숨을 내쉬고는 서로 마주 보며 빙그레 미소 지었다. 덕주는 조심스레 입을 뗐다.

"그래서 늘 약을 드시는 거네요. 잠을 이루지 못해서."

할머니는 묵묵히 고개를 끄덕였다. 어느새 동이 터 오는지 창호지가 새하얗게 빛났다. 덕주는 눈을 끔벅거렸다. 밤새 잠을 설치고 새벽부터 돌아다니다가 아늑한 방에 앉으니 졸렸다.

"내가 혼인하고 얼마 되지 않았을 때 일인데……."

스르르 졸던 덕주는 또 재미난 이야기인가 싶어 눈을 반짝 떴다. 무심코 입을 연 할머니는 인상을 찌푸렸다.

"내가 원래 말이 많지 않은데, 너랑 있으니 이상하구나."

덕주는 이야기를 마저 해 달라고 졸랐다. 할머니는 고개를 절레절레 흔들고는 못 이긴 척 이야기를 이어 갔다.

"내가 열다섯 살에 혼인했는데, 시할아버지께서 날 많이 아끼셨단다. 어느 날 음식을 내가니까 갑자기 '소학을 즐겨 읽었다고 들었는데, 어느 구절이 본받을 만하냐?'라고 물으시더구나. 어찌나 당황스럽던지."

"그래서 뭐라고 하셨어요?"

"행동보다 말을 먼저 해서는 안 된다는 구절입니다, 하고 답했다."

"그 말을 고르셨다고요?"

덕주는 살짝 놀라 되물었다. 소학에는 부모에게 효도하고, 부부간의 도리를 지키고, 형제간의 우애를 돈독히 하라는 경구가 잔뜩 들어 있다. 열다섯이었던 할머니는 며느리의 도리로 답하는 대신 군자의 품행을 말한 셈이다. 게다가 할머니의 답변은 곱씹어 생각할수록 재미난 구석이 있었다.

"그러니까 시할아버지의 질문에 말이 아닌 행동으로 보여주겠다고 받아친 셈이네요?"

"그래. 참 맹랑하기도 했지. 가슴이 얼마나 두근거렸는지 모른다."

"할머니가 떨었다고요?"

"그럼. 그 방에 모인 식구들이 어린 며느리가 무슨 대답을 하려나 쳐다보는데 떨지 않을 수 있겠니. 그래도 순순히 맞춰주고 싶지는 않더라."

할머니는 개구쟁이처럼 킥킥 웃었다. 그 웃음을 보자 덕주는 내내 갑갑하던 속이 좀 풀렸다. 글씨가 손에 익을 때까지 연습하듯이 할머니도 떨리는 마음을 다잡고 조금씩 자신을 만들어 왔구나 싶었다. 자기 뜻대로 말하고 움직여 본 시간이 쌓이고 쌓여서 끝내 자기 공부를 하고 글도 쓰게 된 거겠지.

"어떻게 보면 말이에요. 할머니는 지금도 그저 말뿐인 글이 아니라 행동으로 옮길 수 있는 글을 쓰시잖아요. 잘 어울리는 구절을 고르신 듯해요."

"오호라, 그렇게 생각할 수도 있겠구나."

할머니는 덕주를 대견하게 돌아보고는 고맙다고 말했다. 우쭐해하던 덕주는 그만 크게 하품했다. 어느새 참을 수 없이 졸렸다. 덕주는 집에 가야 한다고 중얼거리면서도 슬그머니 누웠다. 할머니는 덕주에게 자리를 내어 주고 머리맡에 앉았다.

"할머니는 졸리지 않으셔요?"

"워낙 안 자는 게 버릇이 되어서 괜찮다."

"늘 궁금하던 게 있는데요. 할머니는 언덕에서 무슨 생각을 하세요?"

덕주는 눈을 감은 채 물었다. 할머니는 한참 대답하지 않다가 크게 숨을 삼켰다. 할머니의 목소리가 아득하게 들렸다.

"먼저 보낸 아이들을 생각하지. 나는 아이를 많이 낳고 많이 잃었거든. 그건 참으로 뜻대로 안 되더구나. 너무 슬퍼서 밥도 물도 먹지 않고 지낸 적도 있었어."

덕주는 눈을 뜨고 할머니를 물끄러미 올려다봤다. 푸른빛이 어린 창문을 바라보는 할머니의 얼굴이 쓸쓸했다. 덕주는 슬그머니 팔을 움직여서 할머니의 손을 꼭 잡았다. 잠이 들 때까지 할머니의 손을 놓지 않았다.

10. 열녀록

얼마나 잤을까. 덕주는 날이 훤히 밝아서야 잠이 깼다. 덕주는 벌떡 일어나 할머니가 개켜 놓은 옷을 입고 뛰쳐나갔다. 어머니가 걱정하실 텐데 하는 생각에 애가 탔다. 종종걸음으로 안마당을 가로지를 때 사잇문에서 할머니가 나타났다. 할머니 손에는 누런 천에 싸 놓은 네모난 물건이 들려 있었다.

"아까 너희 어머니가 왔다 갔으니까 걱정하지 마라. 네가 여기 있느냐고 묻길래 새벽에 우연히 마주쳐서 한숨 재운다고 했다."

덕주는 엉거주춤 섰다가, 할머니가 든 물건을 받았다. 펼친 공책 정도의 크기에 납작한 나무판과 비슷한데 무척이나 가벼웠다. 할머니는 덕주의 얼굴을 새삼스레 뜯어보고는 어머니와 닮았다고 했다.

"너희 어머니는 볼수록 대장부가 따로 없더라. 딱히 걱정하는 기색도 없이 찾아와서는 네가 자고 있다고 말하니까 그냥 돌아서더니, 문득 책 잘 쓰라고 인사도 하던데."

덕주는 씩 웃었다. 할머니나 덕주가 그렇듯이 덕주네 어머니도 알고 보면 참 별난 사람이다. 그때 윤보가 안채로 들어오며 투덜거렸다.

"오늘따라 더 사이가 좋아 보이십니다. 저 빼놓고 무슨 재미난 이야기 중이신지요."

덕주와 할머니는 서로 눈짓을 주고받았다. 윤보는 마루에 걸터앉으며 하소연을 늘어놓았다.

"할아버지께서 새벽부터 심기가 좋지 않으신 통에 한참 혼났습니다. 갑자기 여태까지 외운 걸 다 써 보라고 하더니 역정을 내시며 종아리까지 치시더라고요."

윤보는 발목의 대님을 풀고는 바지를 걷어 종아리를 보여 줬다. 윤보의 종아리에는 울긋불긋한 피멍이 가득 맺혀 있었다. 덕주는 얼굴을 찡그리고 눈을 돌렸다. 할머니도 쯧쯧 혀를 찼다.

"그랬으면 댁에서 잠자코 공부해야지, 왜 여기를 오시나."

“숨 좀 쉬려고요. 스승님께서 재미있는 이야기 해 주세요.”

윤보는 싱글싱글 웃으며 대꾸했다. 할머니는 눈썹을 살짝 올리고는 네모난 물건을 감싼 천을 풀었다.

“안 그래도 덕주에게 이걸 보여 주려던 참인데, 자네도 같이 보세. 오래전에 아버님께서 청나라에서 선물로 받으신 것이야.”

“이것은 서양 그림 아닙니까? 저는 일전에 본 적 있습니다.”

윤보는 보자기 속의 물건을 보자마자 거드름을 피웠다. 덕주는 난생처음 보는 그림에 눈을 휘둥그레 떴다. 가운데에 높은 누각이 서 있고, 그 주위에는 나무들이 빼곡하게 서 있는 풍경을 그린 것인데 색색의 물감으로 칠한 데다 멀고 가까운 것이 고스란히 드러나서 무척이나 실감 났다. 할머니는 그림을 벽에 기대 세우고는 덕주와 윤보에게 한쪽 눈을 가리고 보라고 했다.

“어떠냐. 이 건물과 나무들이 다 일어나 있는 듯이 보이지 않느냐. 어둡고 밝은 곳과 깊고 얕은 곳이 정말로 있는 것처럼 느껴지지. 이렇게 서양 그림에서 멀고 가까운 것을 표현하는 걸 원근법이라고 하더구나.”

“과연 신묘하네요.”

덕주는 그림에서 눈을 떼지 못한 채 대답했다. 할머니는 욕심쟁이처럼 웃으며 손바닥을 마주 비볐다.

"그림을 그리는 원근법에 관해서도 책에 쓸 것이니, 잘 정리해 보자."

"살림에 관한 책에다 서양 그림 이야기도 넣으시려고요?"

"자수도 그림이니, 자수에 관해 쓸 때 같이 쓰면 되지 않을까?"

"이러다 온 세상에 관한 내용을 다 쓰겠어요."

덕주는 연신 그림을 돌아보았다. 그림은 보면 볼수록 낯선 곳을 비추는 작은 창문 같았다.

"저 그림이 청나라에서 온 것이라고요?"

"그래. 집안 어른들이 자주 청나라를 다녀오셨거든. 그럴 때마다 온갖 이야기를 들을 수 있었지. 끝도 없이 뻗어 있다는 만리장성, 진귀한 책과 기기묘묘한 물건을 파는 점포로 가득하다는 유리창, 푸른 눈에 금발의 사람들을 볼 수 있다는 천주당……. 나도 어찌나 가 보고 싶었는지, 그곳으로 떠나는 꿈을 꿀 정도였어. 거기서 만난 사람들과 필담을 나누며 세상을 논할 수 있다면 얼마나 좋을까."

할머니의 목소리가 아련하게 떨렸다. 덕주는 들어 본 적도 없는 이름들이지만 먼 곳을 꿈꾸는 마음은 알 것 같아 가슴이 저릿했다. 윤보가 무릎을 치며 아쉬워했다.

"스승님께서 그곳에 가셨다면 여느 사내 못지않게 활약하셨을 겁니다."

할머니는 손을 내젓고는 그림 구경이나 하고 쉬자면서 바느질거리를 집어 들었다. 덕주는 우물쭈물하다 할머니의 반짇고리에서 바늘을 찾아들었다. 마침 버선 모양으로 마름한 천도 있기에 바느질을 시작했다. 덕주와 할머니를 바라보던 윤보는 자기도 해 보겠다고 우겼고, 덕주처럼 버선을 꿰매기 시작했다.

"아, 이건 못 하겠어요."

얼마 지나지 않아 윤보는 마루에 벌러덩 드러누웠다. 몇 번이나 손가락을 바늘에 찔렸다며 야단을 떨고 난 후였다. 음식장만은 아무리 어려워도 재미있는데, 바느질은 지겹고 잘 되지도 않으니 글공부나 마찬가지라고 구시렁거렸다. 덕주는 윤보를 돌아보고는 할머니께 속삭였다.

"재는 앞으로 살림해도 옷은 못 짓겠네요."

"그러게. 삯바느질은 꿈도 못 꾸겠구먼."

덕주와 할머니는 고요하게 바느질했다. 언덕을 타고 올라온 강바람이 마루에까지 불어와 시원했다. 어느새 윤보는 잠이 들었는지 고른 숨소리를 냈다. 할머니는 고개를 절레절레 흔들었고, 덕주는 다시금 웃었다.

"내가 어제 네 말을 듣고 생각해 보았는데 말이다. 책에 열녀록을 쓰면 좋겠다 싶더구나."

"아니, 왜 하필 열녀 이야기를 쓰시려고요. 저는 그 책도 참말로 싫던데."

덕주는 불쑥 속마음을 말해 버렸다. 아버지가 준 책 중에서도 남편을 따라 죽은 여인들이 나오는 열녀전이 있는데, 덕주는 대충 훑어보기만 하고 그저 덮어 둔 차였다. 할머니는 순간 낯빛을 고치고는 엄하게 꾸짖었다.

"열녀전은 절개를 지키려고 목숨을 버린 여인들을 기리는 책이야. 그런 책을 그리 쉬이 말하면 되겠느냐. 우리 집안에도 열녀로서 정려문을 받은 분이 계셔. 그분의 행적이 널리 알려져서 집안에 큰 빛이 되었느니라."

할머니의 불호령에 덕주는 마른침을 삼켰다. 할머니는 선비들 못지않게 책을 읽고 글도 쓰고, 온갖 생각에 잠을 못 이루고 언덕을 오르면서도 여자의 도리나 집안을 빛내는 일을 무척이나 중요하게 여겼다. 간밤에 개구쟁이처럼 함께 웃던 모습은 온데간데없다.

"그래도 저는 잘 모르겠어요."

덕주는 솔직하게 말했다. 할머니랑 지내는 동안 이렇게 생각이 다를 때는 입을 꾹 다물고 있기보다는 얼른 자기 생각을 털어놓는 편이 낫다는 걸 깨우쳤다.

"그 책은 여인이라면 누구나 그래야 마땅한 것처럼 쓰여 있잖아요. 게다가 열녀 이야기는 어디서나 들을 수 있는데, 굳이 살림을 다루는 책에 써야 하는지도 모르겠고요."

할머니는 여전히 못마땅한 기색이었지만 일단 고개를 끄덕였다. 덕주도 무뚝뚝한 얼굴을 풀지 않았다. 잠시 후 할머니가 부루퉁하게 말했다.

"나도 그 열녀전을 쓰려는 건 아니야. 네가 말하는 열녀는 절개가 매서운 여인이라는 뜻이지만, 다른 한자를 쓰면 열녀는 그저 많은 여인을 뜻하는 말이 돼. 말하자면 내가 쓰려는 열녀록은 여인 열전이라고 해야 하나, 여러 여인의 이야기를 담은 이야기가 되는 거지."

"그런 말이 있어요?"

덕주는 처음 듣는 이야기에 정신이 번쩍 들었다. 할머니는 덕주의 반응을 미리 내다본 듯 가볍게 혀를 찼다.

"옛 책을 읽다 보면 흥미로운 여인들이 많이 나오거든. 그 중에는 제 손으로 백성을 구한 여인도 있고, 학식이 풍부하거나 뛰어난 시를 지은 이도 있고, 그림과 악기와 글씨에 능한 이도 있지. 또 검협이라 하여 칼 솜씨가 뛰어난 이도 있고, 장군에 이른 여인도 나온다. 조선의 여인 중에는 촉석루에서 의를 위해 죽은 논개와 시에 능한 허난설헌, 그림이 뛰어났던 사임당도 있고 말이다."

"제가요, 그럴 줄 알았어요."

덕주는 자기도 모르게 할머니의 말을 자르고 끼어들었다. 가슴이 두근두근 뛰었다. 여인들도 모두 다르다. 열전으로 쓸 만큼 재주도 성격도 갖가지다. 덕주는 바늘을 휘두르며 목소리를 높였다.

"제가 본 공책에도 그런 말을 써 두셨잖아요. 규합에 어찌 인재가 없겠냐고요. 딱 그 말씀대로네요. 다들 몰라서 그렇지, 알고 보면 여인들도 다들 재주 하나씩은 있겠지요. 아무렴, 그렇겠지요."

한참을 떠들던 덕주는 자기가 또 너무 앞서 나갔나 싶어 할머니의 눈치를 슬쩍 살폈다. 할머니는 고개를 내저으며 쿡쿡 웃었다.

"그래. 온갖 여인들을 적은 열녀록이라면 부인들이 즐겨 볼 만하지 않겠니. 기왕이면 덕이 높거나 재주가 많은 여인뿐 아니라 나라를 혼란에 빠뜨린 양귀비라든지, 박연폭포에서 뛰어난 시를 지었다는 기생 황진이도 함께 쓰면 더 흥미로울 테고 말이다."

그때 윤보가 몸을 왈칵 일으켰다. 내내 자고 있었던 건지, 아니면 이제껏 자는 척했던 건지 알 수가 없었다. 윤보는 등을 구부린 채 햇볕이 내리쬐는 마당만 바라봤다. 덕주는 슬그머니 말을 붙였다.

"방금 스승님께서 무척 재미난 이야기를 해 주셨는데, 안타깝게도 넌 못 들었네."

윤보는 아무런 대답도 하지 않았다. 평소 같으면 나만 빼놓고 무슨 이야기를 했느냐고 안달하며 되물을 법한데. 윤보는 덕주와 할머니를 돌아보지도 않고는 퉁명스레 중얼거렸다.

"들었어. 그래 봐야 별것도 아니던데."

덕주는 무례한 말에 깜짝 놀랐다. 아침에 할아버지께 혼났다더니 잠결에 여기가 어딘지 분간하지 못하는 건가 싶기도 했다. 윤보는 재차 투덜거렸다.

"말도 안 됩니다. 세상에 어느 여자들이 그렇게 자기 뜻대로 산답니까? 그런 이야기를 여인들이 읽는다고 뭐가 달라지나요?"

"너 말버릇이 그게 뭐야? 할머니께서 이쁘게 여기신다고 아무 말이나 막 해도 되는 줄 알아?"

덕주는 기가 막혀서 윤보의 말을 되받아쳤다. 제 손으로 살림하겠다기에 남다른 도령인가 했더니, 뛰어난 여인들의 이야기가 거슬렸던 모양이다. 덕주는 씩씩거리며 윤보의 등을 노려보다가 몇 마디 더 쏘아붙이려 했다.

그때 할머니가 덕주의 팔을 잡고 고개를 저었다. 덕주는 입을 꾹 다물고 콧바람만 불었다. 윤보는 그런 덕주의 속내는 아는지 모르는지 벌떡 일어났다. 인사도 없이 마루를 내려서서는 안마당을 가로질러 사잇문 밖으로 나가버렸다.

"대체 왜 저런대요?"

덕주는 윤보에게 들리도록 목소리 높여 물었다. 할머니는 그저 윤보가 나간 쪽을 바라보기만 했다.

윤보는 은행나무 집에 발길을 끊었다. 덕주는 홀가분하면서도 윤보가 없는 안채가 쓸쓸하게 느껴졌다. 할머니도 허전한지 자꾸 사잇문을 보다가 중얼거렸다.

"그래. 그 아이도 자기 할 일을 해야지."

덕주와 할머니는 어느 때보다 빠르게 옷 짓는 법을 다루는 편을 써 나갔다. 누에 치는 방법을 길고 자세하게 설명했고, 베와 모시, 비단과 같은 옷감을 짜는 법, 수를 놓는 법과 염색하는 법을 적었다. 할머니는 쓰고 싶은 말이 많은지 붓과 먹을 관리하는 법도 넣고, 온갖 보배에 관한 설명도 썼다. 여러 여인을 소개하는 열녀록은 부록으로 넣었다. 글을 빼곡하게 적은 책이 차곡차곡 쌓여 갔다.

"오늘은 뭘 했니?"

집에 돌아온 덕주에게 어머니가 은근하게 물었다. 은행나무 집에서 하는 일을 들킨 후로 덕주와 어머니는 비밀스레 나눌 이야기가 많아졌다. 어머니는 덕주가 무얼 했는지 늘 궁금해했고, 덕주가 조곤조곤 들려주는 이야기를 흥미롭게 들었다.

"나도 그 책을 얼른 읽어 보고 싶다니까."

그즈음 덕주는 마을 분위기도 묘하게 바뀌었다는 걸 깨달았다. 덕주가 은행나무 집으로 가는 언덕을 오르면 밭에서 일하던 아주머니들이 허리를 펴고 꼭 한마디씩 건넸다.

"은행나무 집에 가는 거야?"

"참말로 고생이 많다. 기왕 하는 거 열심히 해 봐."

덕주는 고개를 꾸벅꾸벅 숙이며 걸어갔다. 어째서 동네 아주머니들이 다 아는 건지 짐작이 갔지만, 어머니는 아무에게도 말하지 않았다고 딱 잡아뗐다.

"요새 마을 분위기가 이상한데, 너도 알고 있니?"

어느 날 할머니가 이맛살을 찌푸리며 물었다. 마루에 앉아 글을 쓰던 덕주는 붓을 내려놓고 시치미 뗐다.

"글쎄요? 무슨 일 있으세요?"

"아니, 다들 자꾸 인사를 하고 말을 걸고. 이상해."

할머니는 마을 쪽을 내려다보며 중얼거렸다. 덕주는 태연하게 대답했다.

"원래 한마을에 살면 인사하고 말도 주고받고 그러는 거죠."

"난 아니야. 어쩌다 마주쳐도 모른 척하고 지냈다. 기껏해야 서로 고개나 숙이는 게 전부야. 내가 저들과 친해져 봐야 뒷말이나 나고, 성가신 일만 생기지 않겠니. 그런데 요새는 한 사코 쫓아와서는 잘 지내시냐고 묻지를 않나, 자기가 장아찌를 어찌 담는지 설명하지 않나. 대체 왜들 그러는지 모르겠다."

"다들 할머니랑 친해지고 싶은가 봐요."

할머니의 고민은 거기서 끝나지 않았다. 어느 날 할머니는 대문 앞에 놓인 웬 꾸러미를 들고 혀를 끌끌 차며 안채로 돌아왔다. 꾸러미에는 싱싱한 오이며 가지가 들어 있었다.

"이것 봐라. 이걸 어쩌라고 주는 건지."

"여기서 살림에 관한 책을 쓴다는 걸 다들 알아서 그래요."

"그게 뭐, 자기들이랑 무슨 상관이라고."

할머니는 오이랑 가지를 마루에 내려놓고는 말썽거리를 보는 듯 오만상을 찌푸렸다.

"이런 걸 주는 이들은 다 먹고살기도 힘든 사람들이잖니. 그들이 내 책을 읽을 수나 있는지 모르지만, 어쩌다 읽는다고 한들 그 가난한 살림에 얼마나 해 볼 수 있겠냐. 나는 내 일을 하고 저들은 저들의 일을 할 뿐인데, 뭐가 좋다고 그러는지."

할머니는 연신 툴툴거리면서도 손으로는 가지며 오이를 살살 쓸어내렸다. 그 손길이 다정하면서도 쓸쓸하게 보였다. 덕주는 먼 곳으로 시집간 동네 언니들이 떠올랐다. 빨래터에서든 나물을 캐던 언덕에서든, 서로 보태 주는 것 없이도 함께 있는 것만으로 즐거웠는데.

"할머니, 실은 보답할 방법이 없어서 그러시죠?"

"그래. 받은 게 있으면 응당 되돌려줘야 하거늘, 저렇게 두고 가면 대체 누가 준 건지 어떻게 안다니."

할머니는 마을 쪽을 바라보며 혀를 끌끌 찼다. 덕주는 곰곰이 생각하다가 말했다.

"한번 제 집에 오는 건 어떠세요? 곧 동네 아주머니들이 모여 길쌈을 할 텐데, 할머니가 오시면 다들 좋아할 거예요."

"아이고. 내가 그 자리를 어찌 가누."

할머니는 얼굴빛이 변해서는 손을 내저었다. 덕주가 즐거운 자리가 될 거라고 거듭 말했지만, 할머니는 상상도 하기 싫다고 했다.

"차라리 이렇게 하자. 내가 음식을 해 줄 테니 네가 가져가서 고맙다고 전해 주렴."

며칠 뒤 덕주는 할머니가 싸 준 함지를 조심스레 들고 집으로 돌아갔다. 마당을 가득 채운 아주머니들은 덕주를 보자 살가운 눈인사를 건넸다.

"은행나무 집 할머니께서 직접 떡을 해서 보내셨어요."

덕주는 조심스레 함지를 열었다. 부슬부슬한 녹두 가루를 잔뜩 뿌린 뽀얀 떡이 나왔다.

"세상에, 곱기도 해라."

아주머니들은 떡을 보며 감탄했다. 덕주는 모인 사람의 수를 세어 보고는 떡을 조심스레 잘랐다. 덕주는 떡을 나누어 주며 말을 꺼냈다.

"이 떡의 이름은 석탄병이래요. 아낄 석에 삼킬 탄 자를 써요. 차마 삼키기 아까운 맛이 난다고 해서 이런 이름이 붙었다네요."

아주머니들은 귀한 떡을 어찌 먹느냐고 소란을 피웠다. 덕주도 떡의 모양을 요리조리 살피고는 입에 쏙 넣었다. 달콤한 떡은 폭신폭신하고 부드러워서 입안에서 금세 사라졌다. 소라니댁이 아쉬운 듯 입맛을 다셨다.

"어쩜 이리 달까. 이렇게 달콤한 건 처음 먹어 보네."

"감을 말린 가루로 단맛을 내는 거래."

덕주는 즐거워하는 아주머니들을 자랑스레 돌아봤다. 아주머니들은 한껏 들뜬 얼굴로 마루와 마당에 흩어져 일거리를 집어 들었다. 소라니댁이 머뭇거리며 다가와 속닥였다.

“내가 드린 가지랑 오이는 잘 잡수셨나 모르겠다. 밭에서 좋은 것만 땄는데, 차마 부르지는 못하고 대문간에 두고 왔거든.”

“그게 언니가 준 거였구나. 잘 받으셨어. 그 보답으로 오늘 떡도 준비하신 거고.”

덕주의 말에 소라니댁은 볼이 발갛게 달아올랐다. 소라니댁은 덕주의 손을 꼭 붙잡았다.

“안 그래도 내가 아씨한테 이 말을 꼭 해 주고 싶었어. 그 댁에서 살림 책을 쓴다고 하니까, 내가 괜히 기분이 좋더라. 나야 까막눈이고, 그 댁의 살림이랑 내가 하는 건 하늘과 땅만큼이나 다른 건 잘 알아. 그렇지만 집안에서 하는 일도 책으로 쓸 만큼 중요하다고 온 세상에 보여 주는 것 같아서 말이야. 고맙다.”

덕주는 할머니가 이 자리에 있다면 ‘너희들과는 관계없는 일’이라고 잘라 말할 거라는 생각이 들었지만, 그저 웃기만 했다. 소라니댁은 덕주에게 끝까지 잘 해내라고 당부하고는 자기 일을 하러 갔다. 소라니댁이 가자마자 선돌댁이 심술궂은 표정으로 다가왔다.

"그 양반은 떡까지 보낼 정성이 있으면, 자기가 오면 될 텐데. 사실은 여자들 앞에 나설 자신이 없어서 이러는 거 아닌가?"

"떡 잘 드시고 대체 그게 무슨 말씀이래요."

덕주는 저도 모르게 발끈하며 되물었다. 할머니를 흉보는 말을 들으니 그만 부아가 났다. 선돌댁은 태연하게 대꾸했다.

"내가 뭐 그른 말 했나. 그 마님이 살림으로 책을 쓴다고 하는데, 그럴 만큼 알긴 아나 싶어서 그러지. 그러면 네가 한번 말해 봐라. 옷감에 푸른빛을 물들일 때 쓰는 쪽 말이야. 뭘 골라야 하는지 아나? 그 마님이 직접 골라 보기는 해 봤나 몰라."

"쪽잎은 둥글고 두꺼운 것이 좋고, 얇고 뾰족한 것은 좋지 않지요."

덕주는 생각할 것도 없이 바로 대답했다. 마침 얼마 전에 정리해 적은 내용이었다. 선돌댁은 입을 다물고는 잠시 덕주를 바라봤다. 덕주는 짐짓 할머니의 싸늘한 말투를 흉내 내어 되물었다.

"그러는 아주머니는 짙은 쪽빛은 어떻게 물들여야 하는지 아세요?"

"그야 여러 번 물을 들이면 빛이 영 산뜻하지 못하니까 바로 진한 물에다 들이는데, 차가운 물에 헹궈야지. 그래야 색이 곱게 난다."

덕주와 선돌댁은 서로 눈싸움을 벌였다. 아주머니들이 키득키득 웃으며 둘을 바라봤다. 선돌댁이 다시 질문을 던졌다.

"그러면 노란빛을 물들일 때는 뭐가 좋은지는 알고?"

"왜황련은 비싸니까 큰 황벽나무의 껍질을 벗겨 써야죠. 그걸 벗길 때는 두껍고 비늘같이 무늬 진 것이 좋은데, 반드시 손으로 뜯어야 해요. 칼로 베면 색이 곱지 않으니까요."

덕주가 척척 대답하자 선돌댁은 감탄하듯 혀를 찼다.

"이야, 너도 제법이다. 얼마 전만 해도 그저 물렁물렁하더니, 돌멩이처럼 단단해졌네. 그 말이 진짜야? 그 마님은 진짜로 다 해 보고 책에 적든?"

"그럼요. 하나하나 직접 해 보시고 쓰신다니까요."

선돌댁은 팔짱을 끼고 고개를 주억거렸다. 덕주도 씩 웃었다. 다른 아주머니가 끼어들었다.

"우리 아씨가 진짜 아씨가 되려나. 그 집에서 뭘 많이 배웠는가 봐. 또 재미있는 이야기는 없니?"

덕주는 냉큼 열녀록 이야기를 꺼냈다. 사람들에게 얼른 알려 주고 싶은 이야기이기도 했다.

"열녀는 한자를 달리 쓰면, 여러 여인이라는 의미가 된대요."

덕주는 더듬더듬 할머니의 열녀록에 있는 이야기를 들려주었다. 당나라에서 전설적인 협객으로 활약했다거나 장군으로서 난리를 평정했다는 여인도 좋지만, 덕주는 소소한 재주가 있는 이들이 좋았다. 열 가지 눈썹을 솜씨 있게 그릴 줄 알았다든지, 춤을 잘 추었다든지, 자기 민낯을 아껴서 분을 바르지 않았다는 여인들 말이다.

아주머니들은 바삐 손을 놀리며 덕주의 이야기에 귀를 기울였다. 덕주는 내심 뿌듯하면서도 한편으로는 아쉬웠다. 할머니가 쓴 열녀록 속의 여인들은 흥미롭지만, 대부분 중국에서 온 이야기다. 덕주는 그들이 너무 멀게 느껴졌다.

11. 덕주가 책을 쓴다면

어느새 날이 선선해졌다. 담장 옆에 선 은행나무는 이파리를 노랗게 물들였다. 할머니 집 주변은 은행을 주워 가려는 이들로 북적였다.

"할머니는 어떻게 이런 걸 다 아셔요?"

덕주는 글씨를 쓰다 말고 문득 물었다. 할머니와 덕주는 고구마, 참깨, 인삼과 같은 작물을 심고 기르는 법과 온갖 꽃을 키우는 법, 닭이나 돼지 같은 가축을 기르는 법을 담은 세 번째 편을 쓰는 중이었다. 할머니는 오래된 서책을 뒤적이며 무심하게 답했다.

"우리 시아버지께서 유명한 농서를 쓰셨다고 말해 준 듯한

데."

"이거 말고도 온갖 걸 다 아시잖아요."

할머니는 책에 빠져든 듯 아무 대답도 하지 않았다. 할머니는 살림뿐 아니라 온갖 새와 짐승, 풀과 나무, 벌레에 대해서도 잘 알았다. 오래전에 중국서 벌어진 전쟁 이야기도 술술 풀어 주는가 하면, 별자리를 보는 법을 설명하기도 했다.

"지난번에 떡을 주셨을 때도 열녀록 이야기를 들려주니, 다들 너무 재밌어 하더라고요. 제가 다 뿌듯했다니까요."

"그래. 다들 즐거웠다니 됐다."

할머니는 책에서 눈을 떼지 않은 채 무심하게 대답했다. 크게 바람이 불자 은행잎이 안채 마당까지 떨어졌다. 하늘 높이 날아오른 은행잎을 바라보던 덕주의 입에서 무심코 진심이 튀어나왔다.

"저도 언젠가 책을 쓸 수 있을까요?"

할머니는 고개를 들어 덕주를 바라봤다. 덕주는 얼굴이 확 달아올랐다. 할머니야 진서로 된 수많은 책도 읽고 웬만한 학자 못지않게 많은 것을 아니까 글을 쓸 수 있다지만, 덕주가 아는 건 언문뿐인데 무엇을 쓸 수 있으려나.

"솔직히 말하면, 쉽지는 않을 거다."

할머니는 가차 없이 말했다. 덕주는 무안한 마음을 숨기려

애쓰며 고개를 끄덕였다. 할머니는 긴 한숨을 쉬며 책을 내려놓았다.

"나도 글을 쓰겠다는 생각은 아주 오래전부터 했어. 혼인하고 나서 집안 어른들이 책을 쓰시는 걸 보고 마음이 더 부풀었고. 하지만 매일매일 너무 바빴다. 다들 대갓집 마님은 한가로운 줄 알지만 그렇지도 않아. 온갖 제사와 손님맞이에, 아침저녁으로 어르신들을 모셔야 하지. 아이를 낳고 키우고, 사시사철 때에 맞춰 집 안팎의 일을 챙기느라 눈코 뜰 새 없더라. 아마 너도 그러지 않을까."

덕주는 어머니나 동네 아주머니들도 얼마나 바쁜지 떠올리고는 풀이 죽었다. 평생 고되게 일할 게 뻔한데, 글을 쓴다니 당치 않다. 할머니는 작게 숨을 고르고 안마당을 돌아봤다.

"그러다 글을 쓰게 된 건 이렇게 많은 걸 잃어버린 후로구나. 한양을 떠나 이곳으로 내려오면서 집은 훨씬 작아졌고, 매일 찾아오던 손님도 끊겼고, 생때같은 아이들도 떠났다. 그러고 나서야 책을 쓸 수 있게 됐구나. 참으로 이상하지?"

"그런데 할머니는 대체 이걸 왜 쓰신대요. 평생 매여 있던 힘든 일을 또 붙잡고 있잖아요. 생활에 도움이 되는 책이고 뭐고, 그저 고고한 글이나 쓰시면 될 텐데."

덕주는 여인이 해야 하는 온갖 고된 일을 생각하자 그만 부아가 났다. 뼈가 녹아내리도록 온종일 일해도 누구 하나 알아주지도 않는데. 할머니는 씁쓸하게 중얼거렸다.

"그러게나 말이다. 왜일까."

안마당에 정적이 내려앉았다. 덕주는 괜히 투정을 부렸나 싶어 입술을 오므렸다. 생각에 빠진 할머니가 시를 읊조리듯 나직하게 말했다.

"왜 쓰느냐. 그 답은 네가 한 말 속에 있겠구나. 내가 일평생 해 온 일이고, 내가 가장 잘 아는 일이니까. 설령 누군가는 고작 여인의 일이라 깎아내리고, 또 그 일이 거칠고 고되다고 외면하더라도 그 속에는 내 경험과 삶이 들어 있으니까. 그건 어떤 책에서 읽는 글귀보다 귀하지 않겠니."

할머니와 덕주는 서로 눈을 맞췄다. 할머니의 얼굴은 빛이 어린 듯 환해 보였다. 덕주는 그 얼굴이 낯설지 않았다. 어머니의 얼굴도, 마을 아주머니들의 얼굴도 가끔 저렇게 빛났다. 밤새워 곱게 짜 놓은 베를 살펴볼 때나 고랑마다 채소가 푸르게 자란 밭을 돌아볼 때면 그랬다. 활기차게 뛰어노는 아이들을 볼 때도.

낯익은 얼굴들을 생각하던 덕주는 제풀에 배시시 웃었다. 할머니가 책을 잘 아는 것처럼, 아주머니들도 자기만의 비법 하나씩은 알고 있다. 소라니댁은 좋은 약초 고르는 법을, 선돌댁은 생선 말리는 법을, 어머니는 베를 비단처럼 곱게 짜는 법을 알려줄 때 뿌듯하게 빛나는 얼굴이 되곤 했다.

아주머니들의 비법에는 꼭 이야기가 따라붙었다. 이걸 어디서 누구한테 배웠는지, 조금이라도 나은 방법을 찾고자 이리저리 해 볼 때 무슨 일이 있었는지, 자기 고향에서는 누가 제일 잘했는지…….

덕주의 머릿속에 어떤 생각이 희미하게 피어올랐다. 앞으로 어떻게 살지 모르겠지만, 무엇을 할 수 있을지는 모르겠지만. 그 생각은 덕주를 부드럽게 휘어잡았다.

"저는요. 이야기가 좋아요."

덕주는 조심스레 말했다. 언덕에 올라 강을 내려다볼 때, 덕주의 속을 가득 채운 건 아직 모르는 누군가의 이야기였나 보다. 그건 덕주만이 들을 수 있고 전할 수 있는 이야기일 거다.

"이야기를 들을 때마다 세상에 조금씩 가까워지는 느낌이 들어요. 그리고 꿈꾸게 돼요. 나도 중요한 이야기를 할 수 있지 않을까. 누군가의 마음을 설레게 할 수 있지 않을까."

"넌 이야기를 끌어내는 재주가 있지. 그걸 책으로 쓰면 되겠구나. 네가 귀 기울여 들은 목소리들이 힘이 되어 줄 게다."

덕주는 얼어붙은 채 할머니를 바라봤다. 덕주를 보는 할머니의 눈길은 그저 진중했다.

“진짜 그럴 수 있을까요?”

“쉽진 않아도 호시탐탐 기회를 살펴야지. 내가 살면서 가장 잘한 일이 무엇인지 아니? 쉴 틈 없이 바쁜 와중에도 언젠가 꼭 책을 쓰고 싶다는 마음은 잊지 않았다는 거야. 어쩌면 너는 나보다 훨씬 금방 해낼지도 모르겠구나.”

그날 밤 덕주는 쉬이 잠을 이루지 못했다. 속이 답답하고 부대껴서 잠들지 못하던 밤과는 달랐다. 벌써 가슴이 이야기로 가득 찬 듯 벅차서 자꾸만 눈이 뜨였다. 언젠가 쓸 수 있을까. 그건 어떤 이야기일까. 덕주는 희뿌옇게 동이 트는 걸 보고 나서야 간신히 잠이 들었다.

“덕주야, 내 부채 좀 가져와라.”

아버지는 아침 일찍부터 외출을 서둘렀다. 고을에서 친분이 있는 선비들이 모이는 날이라고 했다. 함께 시를 나누기도 하고, 마을의 중요한 일을 논의하기도 한단다. 아버지는 어머니와 덕주가 깨끗하게 빨아 다듬이질까지 해 놓은 새하얀 도포와 새로 산 갓을 쓰고는 바삐 채비했다. 아버지는 싱글벙글 웃으며 덕주를 돌아봤다.

“오늘은 네 혼처도 알아볼 테니 좋은 소식 기다려라.”

아버지가 집을 떠난 후 덕주는 터덜터덜 언덕길을 올랐다. 흐린 하늘 아래 어둑한 강이 몸을 부풀렸다. 묵직한 강물 소리가 덕주를 뒤따랐다. 물소리에 섞여 어디선가 울음소리가 들리는 듯해서 덕주는 자꾸 뒤를 돌아봤다.

은행나무 집 대문간에 누군가 쪼그려 앉은 모습이 보였다. 덕주가 가까이 가니 팔 사이에 얼굴을 파묻고 있던 윤보가 고개를 들었다. 얄미운 도령도 오래간만에 보니 반가웠다. 덕주는 짐짓 예의를 차려 말을 걸었다.

"도령, 기껏 예까지 왔으면 들어가지, 여기서 무엇 하시는 게요?"

윤보는 덕주를 올려다보며 싱긋 웃었다. 덕주는 얼굴을 찡그리지도, 혀를 내밀지도 않는 윤보가 낯설어서 되레 인상을 썼다. 윤보는 괜히 주위를 살피더니 마른세수를 했다.

"그래. 들어가야겠지?"

덕주는 윤보가 지난번에 뛰쳐나간 일 때문에 미안해서 그러나 싶어서 속으로 웃었다. 늘 버릇없고 제멋대로인 도령이지만 부끄러운 줄은 아는 모양이다. 덕주는 윤보를 앞세워 할머니의 안채로 들어갔다.

"여기 누가 왔는지 보세요."

할머니는 윤보를 보자 마당에 내려섰다. 윤보는 허리를 깊이 숙여 인사했다.

"그날은 죄송했습니다. 스승님 말씀을 듣다 보니 돌아가신 어머니 생각이 너무 나서."

윤보를 놀릴 채비를 하던 덕주는 돌아가신 어머니라는 말에 멈칫 굳었다. 할머니는 윤보를 물끄러미 보다가 나직하게 답했다.

"괜찮네. 자네 속이 그런 줄 짐작하고 있었으니."

할머니는 덕주와 윤보에게 국화차를 내주었다. 말린 꽃에 뜨거운 물을 부으니 노란 꽃이 피어나듯 되살아났다. 할머니가 직접 말려 만들었다는 국화차는 무척이나 향긋했다.

"향이 참 좋네요."

덕주는 찻잔을 쥐고만 있는 윤보를 흘끔 돌아봤다. 셋 다 아무 말도 하지 않아서, 강물 소리가 안마당을 가득 채웠다. 잠시 후, 생각에 빠진 윤보가 입을 열었다.

"있잖아, 우리 어머니는 웃음소리가 큰 사람이었어. 안채에서 어머니가 웃는 소리가 사랑채까지 들릴 정도였지. 할아버지는 며느리가 방정맞다고 질색하셨지만, 나는 그 소리가 좋았어. 어머니는 무얼 하시는지 틈만 나면 가서 들여다봤지. 천자문 외우는 건 너무 지겨운데, 어머니가 하는 건 다 재미있어 보이더라. 어머니가 나만 보면 웃어서 더 그랬나 봐."

"연홍이가 웃는 얼굴이 참 예쁘긴 했지."

할머니가 미소 지으며 말했다. 덕주는 할머니와도 아는 사이였냐고 물었다.

"나이 차가 많이 났지만, 연홍이랑 언니 동생 사이로 지냈단다. 내가 누구랑 그리 쉬이 친해지는 사람이 아닌데, 참 신기한 일이었지."

"두 분이 비슷한 게 많았잖아요. 책도 좋아하고, 음식 만드는 것도 즐겨 하고, 그런데 우리 집에서는 아무도 어머니가 책 보는 걸 달가워하지 않았죠."

윤보는 내뱉듯 말하고는 입술을 잘근잘근 깨물었다. 덕주는 무슨 이야기가 나올지 알 것 같아서 주먹을 꽉 쥐었다. 윤보는 느릿느릿 말을 이었다.

"어머니는 숨어서 책을 읽거나 밤늦게까지 몰래 글을 쓰고 그랬나 봐. 그러다 들키면 집안 어른들은 큰 잘못인 양 매섭게 혼내고, 고된 일을 마구 시키고 그랬대. 그렇게 고생하는 동안 몸이 많이 약해지셨는지, 어느 겨울에 그저 고뿔이 들었을 뿐인데 이겨 내질 못하시더라. 나는 어머니가 힘들어했다는 것도 한참 후에 알았어. 우연히 찾은 공책에 심경을 써 두셨더라고."

윤보는 찻잔 속의 꽃잎을 멍하니 내려다봤다. 멀리서 강물 소리가 싸아아 울었다. 할머니도, 덕주도 그저 강이 내는 울음소리를 들었다. 한참 후 윤보가 힘겹게 어깨를 추어올렸다.

"자꾸 생각나는 음식이 있어. 어머니가 손수 해 주시던 죽인데, 참 고소했거든. 근데 아무도 그걸 어떻게 만드는지 모르더라. 비슷하게 해 봐도 그 맛은 안 나. 그게 너무 아쉬워. 그 비법은 아무도 모른 채 사라지는 거잖아."

윤보는 길게 한숨을 쉬었다. 덕주도 그렇게 덧없이 사라진 것이 무척이나 많겠구나 싶어서 긴 숨을 내쉬었다. 윤보의 목소리가 바들바들 떨렸다.

"나는 자주 생각했어. 어머니랑 더 많은 시간을 보낼걸. 음식이랑 살림도 배울걸. 그랬으면 어머니를 돌봐드릴 수도 있었을 거고, 그 추억도 간직할 수 있었을 텐데. 나한텐 그런 게 한낱 글공부보다 중요한데, 그때는 몰랐어."

덕주는 윤보를 물끄러미 바라봤다. 제 손으로 살림하며 살겠다고 의연하게 말하던 모습이 떠올랐다. 그렇게 단단하게 말하기까지, 윤보의 마음은 수많은 굽이를 지나왔나 보다. 덕주는 조심스레 입을 열었다.

"너희 어머니 어떤 분이셨는지 궁금해."

윤보가 덕주를 새삼스레 돌아봤다. 윤보의 눈이 토끼 눈처럼 빨갰다. 덕주는 머뭇거리다가 말을 보탰다.

"나 말이야, 나중에 책을 쓸지도 몰라. 만약에 내가 해내면 너희 어머니 이야기도 꼭 쓸게."

윤보는 그저 고개를 끄덕였다. 네가 무슨 책을 쓰냐고 비웃지도 않고, 어떤 책을 쓸 거냐고 되묻지도 않았다. 윤보가 순순하게 나오자 덕주는 되레 겸연쩍어서 웃었다.

윤보는 어머니 이야기를 들려주었다. 윤보가 어머니한테 처음 배운 음식이 무엇이었는지, 들꽃을 가져다드렸을 때 얼마나 좋아했는지 말했다. 바느질을 너무 지겨워해서 윤보가 곁에서 소설책을 읽어 드렸는데, 이야기에 푹 빠진 어머니가 바늘에 손가락을 찔리고는 온종일 아프다고 엄살을 부렸다고도 했다.

윤보의 이야기는 길게 이어졌다. 둘은 눈물을 훔치기도 하고, 때로는 웃기도 했다. 이야기할수록 윤보의 얼굴은 점차 홀가분해졌다. 덕주는 그런 윤보를 유심히 바라보았다.

"뵌 적은 없지만, 너는 어머니를 많이 닮았을 거 같아."

"그렇지? 다들 빼다 박았다고들 했어."

윤보는 먼 하늘을 바라보았다. 짙은 구름이 바람에 실려 멀리멀리 흘러갔다.

"있잖아, 나는 이 이야기가 정말 하고 싶었어."

12. 사달

윤보가 돌아간 후 덕주는 밀린 글을 쓰려고 서둘렀다. 한참 글씨를 쓰는데, 대문 밖에서 누가 부르는 소리가 들렸다.

"덕주야! 그 안에 있느냐?"

뜻밖에도 아버지의 목소리였다. 덕주는 화들짝 놀라 붓을 든 채 대문 밖으로 달려 나갔다. 아버지는 얼마나 급히 걸어왔는지 갓도 삐뚤어지고 도포도 반쯤 흘러내린 채였다. 아버지는 덕주의 손에 들린 붓을 보고 기함했다.

"이 집에서 아주 요망한 책을 쓰고 있다더니, 정녕 그런 거냐?"

"그게 무슨 말씀이세요?"

"내 오늘 모인 자리에서 들었다. 요새 동네 여자들이 열녀의 뜻은 따로 있다느니, 여인 중에도 인재가 있다느니 그딴 소리를 한다는 거야. 그런 말이 누구한테서 나왔나 했더니 바로 이 집이라지 뭐냐. 게다가 사람들에게 그 이야기를 해 준 건 바로 너고. 내가 그 이야기를 듣고 어찌나 창피했는지, 한달음에 여기까지 왔다."

덕주는 아버지의 목소리가 안채까지 들리려나 안절부절못했다. 아버지를 모시고 다른 곳으로 가려고 할 때 대문에서 할머니가 나왔다.

"대체 무슨 일입니까?"

아버지는 할머니를 보고도 노기를 감추지 않은 채 소리 높여 따졌다.

"내가 다 들었습니다. 대갓집 살림을 익히라고 딸을 보냈더니, 웬 책을 쓴다면서요? 그 책에는 여인답지 못한 여인들까지 다 열녀라 부르는 내용이 있다던데. 어찌 그럴 수가 있습니까? 덕망 높은 부인이라더니 부끄럽지도 않습니까?"

"아버지, 그만하셔요!"

덕주는 꽥 소리를 질렀다. 아버지는 넋이 나간 듯 덕주를 멍하니 바라봤다. 덕주는 속에 불이 붙은 듯 말을 쏟아냈다.

"이 댁에서 한 번도 남부끄러운 짓을 한 적 없어요. 그 책을 쓰는 일도 그저 자랑스러운 일이고요! 아버지는 그 책을 본 적도 없으시잖아요."

덕주는 아버지의 당황한 눈을 보자 미안한 마음이 차올랐지만 이를 앙다물었다. 덕주는 늘 고분고분한 딸이라서, 아버지가 놀랄 법도 했다. 아버지는 입술을 달싹였다.

"이게 대체 무슨……."

덕주는 슬그머니 할머니를 돌아봤다. 할머니의 눈빛이 형형하게 빛났다. 덕주는 문득 눈에 불을 담았다는 게 무슨 뜻인지 깨달았다. 아마 지금 덕주의 눈도 크게 다르지 않을 거다. 아버지는 할머니를 보며 얼른 말을 맺었다.

"어쨌든 더는 이 아이가 이 집에 올 일은 없을 겁니다. 부인 때문에 얻은 오명은 이것으로도 충분하니까."

아버지는 덕주의 팔을 끌어당겼다. 덕주는 아버지의 손을 뿌리쳤다. 붓에서 먹물이 떨어져 덕주의 치마에 검은 얼룩이 생겼다.

"싫어요. 적어도 이 책이 완성될 때까지는 여기 있을래요."

덕주는 단호하게 말했다. 얼굴이 시뻘겋게 달아오른 아버지는 몸을 부들부들 떨었다.

"이래서 부녀자가 책을 가까이하면 안 된다고 하는 거야. 덕 있는 부인이라면 자신을 낮추고, 재능이 있더라도 감추고,

이름도 없는 듯이 살아야 마땅한데. 지금 널 봐라. 생전 그런 적 없더니 아비 앞에서 목소리를 높이지 않나, 글을 쓰겠다고 고집을 피우지 않나. 이게 다 내가 널 밖에 내보낸 탓이다. 이제 집 밖에 나설 생각도 하지 마라."

"저는 계속 배우고 싶어요. 여기서……."

덕주는 숨을 헐떡였다. 가슴 속에서 커다란 돌덩이가 맺혀서 목을 가로막은 듯한 느낌이다. 덕주는 발을 동동 구르며 말을 찾았다. 그때였다.

"덕주야."

할머니가 덕주를 불렀다. 나직한 목소리다. 덕주는 몸을 부르르 떨며 할머니를 돌아봤다.

"그만하면 됐다. 아버지와 함께 집으로 돌아가거라."

할머니의 슬픈 눈을 보자 덕주는 온몸에서 기운이 빠져나갔다. 손에 든 붓만은 놓지 못한 채 아버지를 따라 언덕길을 터덜터덜 걸어 내려갔다. 한 걸음 내디딜 때마다 눈물이 뚝뚝 떨어졌다. 밭에서 일하던 소라니댁이 덕주에게 부리나케 다가왔다.

"아씨야, 왜 울어? 무슨 일이야?"

덕주는 소라니댁을 보자 얼김에 울음을 놓았다. 덕주의 울음소리가 커지자 다른 밭에 있던 선돌댁도 달려왔다. 선돌댁

은 덕주와 아버지를 살피더니 투덜대는 말투로 말했다.

"딱 보니까, 더는 은행나무 집에 못 가게 하려는 모양이네."

멀찍이 떨어진 곳에 선 아버지는 선돌댁의 목소리를 듣고는 헛기침했다. 선돌댁은 모른 척 더 큰소리쳤다.

"대체 왜 그런대. 얘가 그 집에 갈 때 눈빛도 반짝반짝하고, 발에도 힘이 넘쳐서 보기가 참 좋던데. 그리 열심히 하던 애를 못 하게 하면 속만 뭉그러질 것을. 그냥 좀 내버려두지."

덕주와 아버지는 집으로 돌아왔다. 어머니는 눈물투성이가 된 덕주를 보자 무슨 일인지 짐작한 듯 아무것도 묻지 않았다. 아버지는 성난 목소리로 윽박질렀다.

"다시는 집 밖에 내보낼 생각 하지 마시오."

덕주는 건넌방에 달려 들어가 여훈서를 옮겨 적은 공책을 모두 찾아 마당에 내던졌다. 화가 나서인지, 겁이 나서인지 손이 부들부들 떨렸다. 아버지는 기가 막힌 듯 뜻 모를 고함만 질렀다.

덕주는 이불을 뒤집어쓰고 꼼짝도 하지 않았다. 날이 어두워졌는지, 밝아졌는지도 몰랐다. 가슴이 뜯겨 나간 듯 자꾸 눈물이 났다. 덕주는 몸을 잔뜩 웅크리고 그저 숨만 쉬었다.

13. 미꾸라지가 사는 법

어머니는 끼니때마다 건넌방으로 밥상을 가져다줬다. 덕주는 밥을 먹지 않고 버텼다. 어머니가 웅크리고 누운 덕주의 등을 바라보다가 말했다.

"그 댁에서 살림을 배웠다더니, 대체 뭘 배운 거냐. 목숨을 살리는 게 살림인데, 그 할머니가 보시면 뭐라고 하겠니."

덕주는 어머니의 말에 몸을 움찔거렸다. 할머니가 가장 잘한 일은 아무리 어려워도 글을 쓰고자 하는 마음을 잊지 않은 것이라고 말하던 게 떠올랐다. 다 마른 줄 알았던 눈물이 새로이 솟아 나왔다. 덕주는 부스스 일어나 눈물을 훔치고 숟가락을 움켜쥐었다.

다음 날 새벽, 자리에서 뒤척이던 덕주는 불에 덴 듯 몸을 일으켰다. 멀리서 밀려드는 강물 소리가 방을 가득 채웠다. 덕주는 물에 빠진 사람처럼 허우적거리며 방문을 열고 나갔다. 막힌 숨을 간신히 내뱉는데 툇마루에 가지런히 쌓인 책이 보였다. 덕주가 마당에 내던진 여훈서다. 아마도 아버지가 주워서 흙을 털고 덕주의 방문 앞에 놓아둔 모양이다. 오래전에 아버지가 한 말이 떠올랐다.

"난 그저 네가 잘 살길 바랄 뿐이다."

"저도 그러고 싶어요."

덕주는 입술을 잘근잘근 깨물며 중얼거렸다. 말을 내뱉고 보니, 그 어느 때보다 간절해졌다. 덕주는 잘 살고 싶다. 다만 아버지가 바라는 모습과는 다르다. 할머니가 책을 쓰는 것처럼 자기 뜻대로 살고 싶다.

덕주는 방으로 들어가 붓을 찾았다. 은행나무 집에서 나올 때 자기도 모르게 가져와 버린 붓이다. 덕주는 눈물 바람을 하는 중에도 그 붓만은 깨끗한 물에 씻고 털을 가지런하게 골라 잘 말려 두었다.

덕주는 얕은 숨을 내쉬고 대문을 살짝 열었다. 새벽에 수없이 문밖을 나섰지만, 아버지 말을 대놓고 어기는 건 처음이라 가슴이 둥둥 뛰었다. 멀리 어둠 속에서 부연 빛을 내는 강물이 몸을 부풀리는 게 보였다. 덕주는 문틈으로 슬그머니 빠져나왔다.

"그러고 보니 꼭 미꾸라지 같네."

덕주는 언덕 위로 냅다 달려갔다. 풀숲이 싱그러운 향기를 내뿜으며 덕주를 반겼다. 덕주는 벅찬 숨을 내뱉으며 주위를 살폈지만, 할머니는 보이지 않았다. 덕주는 어쩐지 맥이 빠져 강을 바라봤다. 어쩐지 이 풍경을 처음 보는 듯 낯설었다. 하늘은 높고 땅은 넓으며, 강은 덕주를 겁주려는 듯 우레같은 소리를 냈다. 덕주는 그 소리를 이기려고 목소리를 높였다.

"나는 내 뜻대로 살 거야."

덕주는 자기 목소리가 낯설어 몸을 부르르 떨었다. 머리를 짓누르던 짐을 내려놓은 듯 가뿐하기도 하고, 홀로 거대한 상대를 맞선 듯이 두렵기도 했다. 아무 데도 기대지 않고 허공에 선 기분이다. 덕주의 눈길이 은행나무 집으로 향했다.

"할머니도 이런 기분이었구나."

덕주는 은행나무 집 대문으로 걸음을 옮겼다. 손바닥에 땀이 배도록 꼭 쥐고 있던 붓을 대문간에 내려놓았다. 덕주는 안채에 있을 할머니에게 들리지 않을 걸 알면서도 마음을 담아 말했다.

"저는 계속 쓰고 싶어요. 무슨 일이 있어도 이 마음은 잃어

버리지 않을 거예요."

며칠 후 소라니댁이 덕주네 집을 찾아왔다. 소라니댁은 아버지가 계신 사랑방을 살피고는 숨죽여 어머니를 불러냈다. 어머니는 품에 웬 꾸러미를 안고 건넌방으로 왔다.

"이게 뭐예요?"

덕주는 목소리를 낮춰 물었다. 보따리 안에는 할머니가 글을 휘갈겨 쓴 종이와 덕주가 옮겨 적던 책이 들어 있었다. 덕주가 은행나무 집에 돌려드린 붓과 벼루도 나왔다. 덕주는 책을 조심스레 펼쳐 보았다. 할머니는 세 번째 편의 막바지를 쓰고 계신 듯했다. 어머니가 나직하게 말했다.

"소라니가 밭일하는데 말이야. 할머니가 밭두렁에 서서는 한참을 보고 계시더라는 거야. 아무래도 할 말이 있으신 거 같아서 갔더니 이걸 너한테 전해 주라고 하셨대. 네가 받으면 뭘 해야 할지 알 거라고."

덕주는 고개를 끄덕였다. 덕주가 써야 할 부분은 매화에 관한 부분이었다. 할머니는 매화를 키우는 법을 설명한 뒤에 매화의 이름을 이어 한 편의 시를 적어 두었다.

이른 매화는 꽃다운 소식을 먼저 전함이오. 눈 속에 핀 매화는 얼음처럼 맑은 마음을 가림이다. 큰 매화는 군자의 사귐이요,

늙은 매화는 검은 가지가 봄에 의지함이다.

덕주는 책장을 앞으로 넘겨 할머니가 직접 쓴 쪽을 펼쳐 보았다. 할머니가 제대로 쓴 글씨를 처음 봤다. 곧게 그어 칼날처럼 끝을 맺는 할머니의 글씨는 날카롭고 반듯했다.

"글씨를 이렇게 잘 쓰셨구나."

덕주는 온갖 꽃을 키우는 방법과 정월 초하루부터 동지까지 한 해의 절기를 정리한 부분을 옮겨 적었다. 꽃 이야기를 쓰니 마음이 밝아졌고, 한 해의 할 일을 짚어 보니 어쩐지 마음이 느긋해졌다. 덕주는 며칠 후 어머니께 부탁해서 다 쓴 책을 할머니께 보내 드렸다.

그 후로도 할머니는 간간이 사람들을 통해 옮겨 적어야 할 글과 책을 덕주에게 보내왔다. 꾸러미 안에 대여섯 권의 소설책이 들어 있을 때도 있었다. 소설책 사이에서 윤보가 삐뚤빼뚤한 글씨로 적은 쪽지가 나왔다.

"우리 어머니가 즐겨 보시던 책이야. 귀한 책이니 깨끗하게 읽고 돌려줘. 한 권이라도 잃어버리면 가만두지 않을 거다."

언문 소설을 한 권 한 권 즐겁게 읽어 가던 덕주는 마지막 장에 짧은 소감이 적힌 책을 발견했다. 아마 윤보의 어머니가 적은 글인 듯했다.

이 이야기 속의 여인들은 아무리 힘들고 고달프더라도 꿋꿋이 살아남아 끝까지 싸우니 참으로 장하다.

덕주와 할머니는 아주머니들의 도움 덕분에 건강을 다스리는 방법을 다룬 네 번째 편과 집을 깨끗이 하고 길흉을 가리는 다섯 번째 편도 무난하게 써 냈다. 할머니의 심부름을 하는 사람은 주로 소라니댁이지만, 때로 선돌댁이 오기도 했다. 선돌댁은 할머니 이야기를 할 때면 콧등을 찡긋거리며 웃었다.

"보면 볼수록 그 양반은 나랑 잘 맞는다니까. 내가 볼 때마다 그 책은 어찌 됐든 마무리를 지어야 한다고 했거든. 처음에는 그저 피하기만 하더니, 이제는 고맙다고 대답도 하고 그런다."

덕주는 조선 팔도에서 나는 특산품을 소개한 부분을 옮겨 적을 때 특히 즐거웠다. 덕주가 나루터를 오고 가는 배를 보며 상상했듯이 전국에는 고을도 무척이나 많고, 그 고을에서 나는 진귀한 물건도 다양했다. 광주의 자기, 교동의 화문석, 보은의 대추, 울릉도의 복숭아, 통영의 자개그릇, 남원의 종이, 제주의 귤…….

덕주는 어쩐지 그 긴 목록이 자기를 응원하는 듯 느껴졌다.

언젠가 덕주도 이곳들을 직접 가 보고, 진귀한 물건을 만드는 사람들을 만나 재미있는 이야기를 들을 수 있을지도 모른다.

어느새 서리가 내렸다. 부쩍 쌀쌀해진 바람이 불 때마다 강변에는 누런 갈대가 서걱거렸다. 어머니는 아주머니들이 찾아올 거라며 아침부터 분주하게 움직였다. 오래간만에 마당에 멍석을 깔고 상도 내놨다. 그 모습을 본 아버지가 성을 냈다.

"길쌈하는 날도 아닌데, 왜 사람들을 부르고 그러시오?"

"아이고, 나가기 싫으면 같이 계셔도 돼요. 곧 동네 여자들이 올 건데, 같이 세상 사는 이야기나 하지 뭐."

어머니가 천연덕스럽게 대답하자 아버지는 눈을 부릅떴지만 아무 대꾸하지 못했다. 덕주는 어딘가 달라진 어머니를 새삼스레 돌아봤다. 보통 어머니는 길쌈하기 며칠 전부터 아버지께 알리고, 아버지는 자리를 피하는 게 보통인데 웬일인가 싶었다. 아버지는 급히 채비하고는 집을 나섰다.

덕주는 간만에 집이 북적거릴 걸 생각하자 기분이 들떴다. 곧 아주머니들이 해맑게 웃으며 들어섰고, 덕주는 마루에 서서 반갑게 인사했다. 아주머니들은 평소와 달리 머리도 단정히 빗고 옷차림도 깨끗한 게 잔칫집을 찾은 사람들 같았다. 다들 함지나 소쿠리에 음식을 담아 왔고, 두 사람이 힘을 합쳐 솥단지를 들고 오기도 했다. 덕주는 시끌벅적하게 음식을 차리는 모습을 보다가 물었다.

"오늘 무슨 날이에요?"

그때 대문으로 긴 쓰개치마를 쓴 부인이 들어섰다. 부인이 쓰개치마를 벗자, 반가운 얼굴이 드러났다. 덕주는 그제야 할머니를 알아보곤 허둥지둥 달려갔다.

"여기까지 어쩐 일이세요?"

"그동안 잘 지냈느냐. 얼굴이 수척해졌구나."

할머니는 덕주의 얼굴을 안쓰럽게 바라봤다. 덕주는 괜히 눈물이 날 것 같아서 입을 꼭 다물었다. 그때 선돌댁이 다가와 할머니의 팔짱을 끼고는 신명나게 외쳤다.

"자아, 우리도 책거리 잔치라는 걸 한번 해 봅시다."

그제야 덕주는 할머니의 손에 들린 작은 보따리가 책이라는 걸 깨달았다. 할머니는 덕주에게 보따리를 내밀었고, 덕주는 얼른 받아 풀어 보았다. 제일 위에 놓인 책의 겉장에 '규합총서'라는 제목이 보였다.

"책을 다 쓰고 나서 좋은 이름이 없을까 고민이 깊었는데, 바깥양반이 이 이름을 지어 주었구나. 그동안 그 사람도 날 돕느라 고생이 많았거든. 규합은 안주인이 거처하는 방을 말하고, 총서는 온갖 지식을 찾아 모은 책을 말하니, 제법 잘 어울리는 이름인듯 하구나."

"할머니께서는 일찍이 규합에 어찌 인재가 없겠느냐 하셨죠."

할머니는 덕주의 어깨를 토닥이며 그간 고생이 많았다고 했다. 음식을 차린 상에 둘러앉은 아주머니들이 어서 앉으라고 성화를 부렸다. 둘은 아주머니들 사이에 끼어 앉았다. 소라니댁이 환한 얼굴로 할머니를 마주 봤다.

"앞으로도 좋은 책 많이 써 주세요. 저도 이제부터 틈틈이 언문을 익혀 보려고요. 아씨야, 가르쳐 줄 거지?"

덕주는 냉큼 꼭 가르쳐 주겠다고 약속했다. 소라니댁이 자리를 뜨고, 덕주는 완성된 규합총서를 꼼꼼하게 살펴보았다. 여인들이 면면이 이어받아 가다듬어 온 비법과 두 손으로 삶을 꾸려 온 자부심, 이 책을 읽는 이들이 그 자신을 아끼길 바라는 마음이 빼곡하게 적혀 있다. 덕주는 뿌듯한 숨을 내쉬며 책을 덮었다.

"저는 이제 이 책으로는 부족해요. 세상이 궁금하거든요."

할머니가 눈을 휘둥그레 떴지만, 덕주는 마음속 말을 솔직하게 터놓고도 쑥스러워하지 않았다. 덕주의 두 눈은 불을 켠 듯 이글거렸다.

"생각해 보니 제 책을 쓰려면 알아야 할 게 정말 많더라고요. 땅은 어떻게 생겼는지, 강은 어디로 이어지는지, 사람들은 어떻게 길을 찾아가는지……. 궁금한 게 너무 많아요. 그런데 할머니는 다 알잖아요. 그니까 이번엔 세상에 관한 책을 써 보시는 건 어때요?"

그 순간 할머니가 웃음을 터뜨렸다. 기분이 좋을 때도 언짢을 때도 좀처럼 언성을 높이지 않는 할머니인데, 그 어느 때보다 큰 웃음소리를 냈다. 마당에 둘러앉은 아주머니들이 할머니를 흘끔거렸다. 간신히 웃음을 그친 할머니가 물었다.

"그러니까 나더러 네가 글을 쓸 때 찾아볼 책을 만들어 달라는 거로구나. 지금껏 네가 나를 도와줬으니까, 이제는 너를 도와 달라 이런 뜻이렷다?"

덕주는 두 볼이 발갛게 달아올랐다. 할머니가 콕 집어 말하니 좀 무안하기도 했다. 할머니는 흐뭇한 미소를 지었다.

"그렇지 않아도 규합총서에 담지 못한 내용을 모아 새로운 책을 써 보려고 생각 중이다. 그건 천문, 지리, 초목을 모두 아우르는 박물지가 될 성싶어. 제목도 이미 정해 뒀지. '청규박물지'라 부를 거야."

"정말이에요? 제가 진짜 보고 싶던 게 바로 그런 책이에요. 언문으로 세상을 공부하는 책요. 언제부터 쓰시려고요? 조금만 기다리시면 얼른 거들어 드리러 갈게요."

"그 전에 묻자. 너는 정말 너의 책을 쓸 것이냐?"

할머니의 얼굴이 바윗돌처럼 엄중했다. 덕주는 옷매무새를 다듬고 꼿꼿이 앉아 다부지게 답했다.

"네. 저는 제 책을 꼭 쓸 것입니다."

그때였다. 대문간에서 아버지의 목소리가 났다.

"모여서 일하는 줄 알았더니, 이게 무슨……."

덕주는 놀라 후드득 일어났다. 아버지가 오만상을 찌푸린 채 마당을 둘러봤다. 부엌에서 나온 어머니가 태연하게 맞이했다.

"일 년을 쉼 없이 일했는데, 하루쯤 노는 날도 있어야죠. 생각보다 빨리 돌아오셨네요."

어머니의 대답에 아주머니들은 제각기 머리를 맞대고 키득거렸다. 아버지의 얼굴이 붉게 달아올랐다.

"그게 아니라, 이 도령이 하도 졸라서 하는 수 없이 왔소. 부인은 모르겠지만 저기 언덕 너머에 대단한 집이 있는데, 그 집 손자 되는 도령이오. 나랑 이야기 한 번만 하고 싶다고, 집에도 꼭 가 보고 싶다고 하도 애를 태워서 데려온 거요."

아버지 뒤에서 윤보가 빼꼼 고개를 내밀었다. 덕주는 윤보가 나타나자 다시 놀랐다. 마당으로 성큼 들어선 윤보는 할머니를 보고는 목소리를 높여 수선을 피웠다.

"아니, 어르신. 제 스승님과도 아는 사이십니까? 저분은 한양의 아는 사람들이 군자요, 선비라고 칭송하는 분이십니다. 다만 세상에 나서기를 꺼리시어 아직 뭇사람들은 모르는데, 어르신께서는 얼마나 대단한 분인지 알아보신 게지요? 그러니 이리 집에다 잔치를 열고 모신 것 아닙니까. 어르신을 뵙고 어딘가 남다른 분이다 싶었더니, 역시 제 눈이 틀리지 않았습니다."

윤보가 천연덕스럽게 능청을 부리자, 아버지는 입술만 달싹였다. 윤보는 호들갑을 떨며 사람들을 헤치고 할머니께 다가갔다.

"아니, 스승님. 이게 무슨 우연이랍니까? 귀인을 따라왔더니 이렇게 스승님도 만나고. 오늘 무슨 잔치 하십니까?"

아버지는 윤보가 할머니의 옆자리에 털썩 앉자 더욱 당황한 얼굴이 됐다. 윤보는 아주머니들이 권하는 음식을 사양하지 않고 즐겁게 받아먹었다. 덕주는 어쩔 줄 모르고 헛기침만 거듭하는 아버지에게 다가갔다.

"아버지, 잠깐 저랑 나가는 건 어떠세요?"

아버지와 덕주는 강변의 새하얀 모래밭을 따라 걸었다. 발에 밟히는 고운 모래가 단단하게 느껴졌다. 아버지가 크게 한숨을 내쉬었다.

"아까 네가 책을 쓰겠다고 하는 소리를 들은 거 같은데."

"네. 쉽지는 않겠지만, 언젠가는 반드시 쓸 것입니다."

덕주의 목소리는 모래처럼 곱고도 단단했다. 아버지는 고개를 저었다.

"안 될 일이다. 왜 너에게 덕을 갖추라고 하는지 정녕 모르겠느냐. 뭔가를 하고자 하는 여인에게 사람들은 더 가혹하게 굴기 때문이다. 법도에 순종하면 평온하게 살 수 있지만, 자신을 드러내고자 하면 손가락질받고 미움을 사게 돼. 그걸 아직 모른단 말이냐?"

"저도 알아요."

덕주는 낮게 대답했다. 문득 윤보의 어머니가 떠올랐다. 힘겨운 나날을 버티면서도 좋아하는 소설을 읽고 꿋꿋한 여인들이 장하다고 적었다. 아버지는 터져나오는 고함을 꾹꾹 눌렀다.

"그런데 대체 왜 굳이 험한 길을 가려고 하는 거냐."

덕주는 유유히 흘러가는 강물을 바라보았다. 강은 시시각각 모습을 바꾼다. 때로는 숨죽인 듯 그저 고요하고, 때로는 성난 소리를 내며 사방으로 밀려든다.

"제가 은행나무 집을 다니며 알게 된 것이 있는데요. 다들 아무리 힘들고 고되어도 숨 쉴 구멍 하나는 찾더라고요. 마치 미꾸라지처럼요."

"뭐? 미꾸라지?"

아버지는 덕주를 돌아봤다. 덕주는 담 아래로 난 구멍을 찾은 장난꾸러기처럼 웃었다.

"미꾸라지는요. 날카로운 바위 틈새도, 찐득찐득한 펄도 요리조리 빠져나가잖아요. 가끔은 진흙 속에 모습을 감추고 아무도 모르게 지내다가, 때로는 물살을 가르며 유유히 헤엄을 치지요. 커다란 잉어처럼 반짝이는 비늘을 빛내지는 못하지만 제 나름대로 작은 흙탕물을 일으키기도 하고요."

"허, 그 부인과 지내더니 말만 청산유수가 되었구나."

"뜻을 가진 여인들은 꺾이기 마련이라고 하셨지요? 저는 꺾이지 않을 거예요. 온갖 요령을 다 부려서 저를 지킬 거예요. 미꾸라지처럼 잡히지도 않고 다치지도 않게 헤엄칠 겁니다. 그러니 걱정하지 마셔요. 저는 잘 살 테니까."

"무슨 말도 안 되는……."

아버지는 또박또박 말하는 덕주를 낯설게 쳐다봤다. 덕주가 빙그레 웃자, 아버지는 그만 사레가 들린 듯 기침을 몇 번이나 했다. 덕주는 아버지의 등을 두들겨 드렸다. 아버지는 쿨럭이면서도 냉큼 집에나 돌아가라고 야단쳤다. 덕주는 아버지께 허리를 굽히고는 얼른 집으로 향했다. 등 뒤로 아버지의 헛웃음이 들린 듯했다.

"어이, 왔어?"

집 앞에 윤보와 할머니가 나란히 서 있었다. 윤보는 덕주에게 품에 들고 있던 서책을 건넸다.

"언덕에서 너랑 처음 마주쳤을 때 갖고 있던 책이야. 아무래도 나보다는 네가 갖는 게 더 좋을 것 같아. 언젠가 네가 쓸 책에 도움이 될지도 모르니까. 너, 그 책에 우리 어머니 이야기도 꼭 써야 한다."

덕주는 책을 품에 안고 고맙다고 했다. 윤보는 눈시울이 붉어진 채 할머니를 바라봤다.

"저는 내일 아침 일찍 한양으로 갑니다. 더 이상 숨거나 피하지 않고 살아 보려고요. 그간 마음으로 돌봐 주셔서 감사합니다. 언제 다시 뵐 수 있을지 모르겠지만, 건강하세요."

윤보는 그 자리에서 할머니께 큰절을 올렸다. 고운 옷자락에 흙이 잔뜩 묻었지만 개의치 않았다. 덕주와 할머니는 총총걸음으로 멀어지는 윤보의 뒷모습을 한참 지켜보았다. 덕주는 양손을 맞잡고 할머니를 돌아보았다.

"할머니, 새 책은 언제부터 쓰실 거예요? 얼른 도와드리고 싶어서 손가락이 다 근질근질해요."

"너무 애쓰지 말고, 간간이 놀러나 오너라."

할머니는 웃음을 섞어 대답하고는, 이제 집으로 가 봐야겠

다고 했다. 덕주가 은행나무 집까지 바래다드리려 했지만 할머니는 필요 없다고 잘랐다. 덕주는 할머니의 꼿꼿한 뒷모습을 오랫동안 지켜보았다. 문득 할머니가 든 책 꾸러미에 눈이 갔다. 덕주는 책의 제목을 다시 중얼거렸다.

"규합총서, 저 책은 어떤 사람들이 보게 되려나."

14. 책은 멀리까지 흘러 나가

수염을 기른 선비와 조바위를 쓴 여자아이가 골목 구석에 자리 잡은 세책점을 찾았다. 여인들이 즐겨 읽는 언문 소설을 빠르게 가져다 두기로 이름난 가게다. 여자아이는 세책점 주인을 보자마자 카랑카랑한 목소리를 높였다.

“이추 선생의 새 책 나왔나요?”

“아뇨. 아직 안 나왔습니다.”

주인이 심드렁하게 대답하자 여자아이는 입술을 삐죽 내밀었다. 여자아이의 아버지로 보이는 선비가 주인에게 하소연했다.

“이 아이가 그 책을 어찌나 기다리는지, 사흘이 멀다고 세책점에 가자고 성화랍니다."

"따님만 그러는 건 아닙니다요. 오늘도 이추 선생의 책을 찾는 손님이 몇 명이나 다녀갔어요. 그분이 내신 책이 벌써 열 권도 넘었는데, 인기가 대단합니다."

"이 아이가 하도 유난이길래 나도 읽어 봤는데 참으로 흥미진진한 책이더군요. 그러고 보면 이름도 참 특이하오. 이추 선생이면 진흙 속의 미꾸라지라는 뜻인가 보오?"

"그러게요. 근데 아무도 그 사람이 누군지 모른답니다. 항간에는 여인이라는 소문도 있어요."

"그럴 수도 있겠네요."

선비는 나직하게 답하며 미소 지었다. 오래전 은행나무 옆에서 내려다보던 경강의 풍경이 선비의 눈앞을 스쳤다. 제힘으로 이야기를 쓰고자 했던 여자아이와 알고 지냈는데, 어느새 그 얼굴도 가물가물해졌다.

선비는 못내 아쉬워하는 딸아이의 손을 잡고 발걸음을 옮겼다. 세책점 주인이 다급하게 둘을 불렀다.

"기왕 나오셨는데, 다른 책도 보시지요. 재미난 책이 이리도 많은데."

"우리는 어지간한 소설책은 이미 다 읽은 터라."

"그러면 따님께서 살림을 배울 때 유용하게 볼 책은 어떠십니까? 제가 여인들 사이에서 알음알음 전해지는 책을 구했습니다. 이미 양반가의 여인들은 다 이름을 들어봤을 만큼 유명한 책이라는데, 오히려 책 장사하는 제가 늦게 알았지 뭡니까. 규합총서라는 책인데, 혹시 들어 보셨을까요?"

"그 책이 여기에 있소?"

"그럼요. 제가 어느 집에 가서 빌려달라고 사정해서 받아왔습죠. 귀한 책이라고 어찌나 생색을 내든지."

윤보는 떨리는 손으로 서책을 받았다. 겉장에는 규합총서라는 제목이 쓰여 있고, 내용도 그대로다. 다만 빙허각의 글씨도, 덕주의 글씨도 아닌 낯선 글씨로 쓰였다. 누군가 규합총서를 읽으며 직접 옮겨 적은 모양이었다. 한 획 한 획 정성 들여 적은 글씨가 이 책을 소중히 여기는 마음을 보여 주는 듯했다. 얼마나 넘겨 봤는지 표지며 책 귀퉁이가 다 일그러졌다.

"혹시 그 책이 필요하시면, 제가 깨끗하게 옮겨 적으라고 시켜서 새로 만들어 놓겠습니다."

윤보는 느리게 고개를 끄덕였다. 세책점 주인은 아이에게 아주 좋은 책이니 잘 간직하라고 당부하며 싱글벙글 웃었다. 책을 이리저리 살피던 윤보가 물었다.

"이 책을 쓰신 분이 누군지는 아시오?"

"그게 말이죠. 아마 빌려준 사람을 꼬리잡기 식으로 찾고

찾으면 될 텐데, 책이 하도 멀리까지 퍼져서 오히려 알아내기가 어렵습니다. 듣기로는 어느 대갓집 부인께서 쓰신 거라고 하던데."

"그분 이름은 빙허각이라고 하오. 기댈 빙에 빌 허, 집 각 자를 쓰시지."

"나리께서 그걸 어찌 아십니까?"

"그분이 바로 내 스승이시오."

윤보는 수염을 쓸어내리며 자랑스레 답했다. 세책점 주인은 고개만 갸웃거렸다. 아버지의 어릴 적 이야기를 듣고 자란 아이가 아는 티를 내며 종알거렸다. 윤보는 눈빛을 반짝이는 아이를 보며 미소 지었다.

"어디 보자. 그러고 보니 우리 딸 눈에도 불이 담겼구나. 네 마음을 밝히고 다른 이들에게 온기를 전해 줄 불이란다."

"그러면 아버지 눈에도 불이 있겠네요."

아이는 맹랑하게 종알거렸다. 윤보는 그만 웃음을 터뜨리고는 자기와 눈이 닮은 아이를 꼭 끌어안았다. 그해 들었던 세찬 강물 소리가 귓전을 울리는 듯했다. 윤보는 그리움에 젖어 미소를 지었다.

"그 불을 끝끝내 지켜낸 사람들이 있단다. 너도 그럴 수 있을 거다."

윤보가 속삭이자, 아이는 고개를 주억거렸다. 윤보는 아이의 등을 쓸어내렸다. 윤보는 눈에 불을 가진 이들이 자기 뜻을 꿋꿋이 펼쳐나가기를 간절히 빌었다.

빙허각 이씨(1759~1824)는 조선 유일의 여성 실학자로 그가 한글로 쓴 실용 백과사전인 『규합총서』는 오랫동안 인기를 얻으며 널리 퍼져 나갔어요. 그런 대단한 학자인 빙허각도 어릴 적에는 제법 별났나 봐요. 시동생인 서유구가 쓴 글에는 빙허각이 스스로 젖니를 뺀 사건과 함께 이런 문장이 나와요.

"성품이 매서워 남에게 지는 것을 싫어하셨다."

어린 빙허각은 불같은 성미를 가진 데다 고집도 세서 마음먹은 건 어떻게든 해내는 아이였던 모양이에요. 우연히 빙허각을 알고 그에 관해 찾아보면서, 저는 이런 모습이 무척 반가웠어요.

흔히 조선을 기록의 나라라고 하지만 여성이 나오는 기록은 극히 적고, 그나마도 어머니나 아내가 돌아가신 후에 남성이 적은 글이 대부분이에요. 그런 글에서 여성들은 기꺼이 자신을 낮추고 희생하는 모습으로 그려져요. 당시에 바람직하다고 여겼던 모습 그대로죠.

하지만 빙허각에게서는 다른 면모가 보여요. 아마 빙허각은 자라는 내내 부글부글 끓는 성미와 유순한 부인이 되라는 규범 사이에서 갈등하지 않았을까요. 우리도 그렇잖아요. 부모님 말씀 잘 들어라, 꾹 참고 노력부터 해 봐라, 이런 말을 수없이 듣지만, 남이 바람직하게 여기는 대로만 살지 않아요. 틀에 박힌 듯 그려진 조선 시대의 여성들도 알고 보면 제각각 달랐을 테고, 자기 성미와 처지에 맞게 삶을 꾸려 나갔겠지요.

『규합총서』는 여성이 직접, 여성이 하는 일에 관해 한글로 쓴 책입니다. 당시 여성도, 살림도, 한글도 그리 귀한 대접을 받지 못한 걸 생각하면 대단한 일이죠. 빙허각은 『규합총서』와 『청규박물지』뿐 아니라 산문과 시도 쓰고, 한문 소설을 한글로 번역하기도 했대요. 이를 엮어 『빙허각전서』를 내었는데, 아쉽게도 한국 전쟁 중에 사라졌다고 해요. 널리 퍼졌던 『규합총서』만이 비교적 온전하게 남아 전해져요.

하지만 빙허각도 시대의 한계를 아주 벗어나지는 못한 듯

해요. 『규합총서』를 쓰고 십여 년이 지나 남편 서유본이 숨을 거두자, 빙허각은 자기 목숨을 스스로 버리고 말아요. 저는 그런 빙허각을 이해하기가 너무나 어려웠어요. 빙허각이 훨훨 자유로운 사람이기를 바랐는데, 안타깝기만 했죠.

그러다 자신의 마음을 지켜 내는 덕주와 윤보의 이야기를 떠올리면서, 빙허각 또한 위태롭게 흔들리면서도 끈질기게 글을 남긴 사람이었다는 생각이 들었어요. 빙허각은 훨훨 자유로워서 책을 쓴 게 아니라 발목이 붙잡혀 있으면서도 자신이 할 수 있는 일을 치열하게 해 나갔던 게 아닐까요. 그 시대의 다른 여성들처럼, 그리고 때로 답답하고 불안하면서도 꿋꿋하게 살아가는 오늘날의 우리처럼요.

이 이야기는 조선 후기와 빙허각 이씨를 연구한 여러 책과 논문에 많은 도움을 받았어요. 새로운 시각으로 잘 알려지지 않은 모습을 발굴해 온 연구자들께 감사드립니다. 글이 제 모습을 갖출 때까지 함께 달려 준 창비 편집부에도 고마움을 전합니다. 무엇보다 눈에 불을 담고 자기 삶을 찾아갈 어린이들께 진심을 담아 더없는 응원을 보내요.

2024년 가을

채은하